JIDI MAJIA
WENJI
YIREN
ZHI
GE

吉狄马加文集
彝人之歌

时代出版传媒股份有限公司
安徽文艺出版社

吉狄马加 ◎ 著

吉狄马加，是中国当代最具代表性的诗人之一，同时也是一位具有广泛影响的国际性诗人，其诗歌已被翻译成近四十种文字，在世界几十个国家出版了近九十种版本的翻译诗集。现任中国作家协会副主席、书记处书记。

主要作品：诗集《初恋的歌》《鹰翅与太阳》《身份》《火焰与词语》《我，雪豹……》《从雪豹到马雅可夫斯基》《献给妈妈的二十首十四行诗》《吉狄马加的诗》和《大河》（多语种长诗）等。

曾获中国第三届新诗（诗集）奖、郭沫若文学奖荣誉奖、庄重文文学奖、肖洛霍夫文学纪念奖、柔刚诗歌荣誉奖、国际华人诗人笔会中国诗魂奖、南非姆基瓦人道主义奖、欧洲诗歌与艺术荷马奖、罗马尼亚《当代人》杂志卓越诗歌奖、布加勒斯特城市诗歌奖、波兰雅尼茨基文学奖、英国剑桥大学国王学院银柳叶诗歌终身成就奖、波兰塔德乌什·米钦斯基表现主义凤凰奖、齐格蒙特·克拉辛斯基奖章、瓜亚基尔国际诗歌奖。

创办青海湖国际诗歌节、青海国际诗人帐篷圆桌会议、凉山西昌邛海国际诗歌周以及成都国际诗歌周。

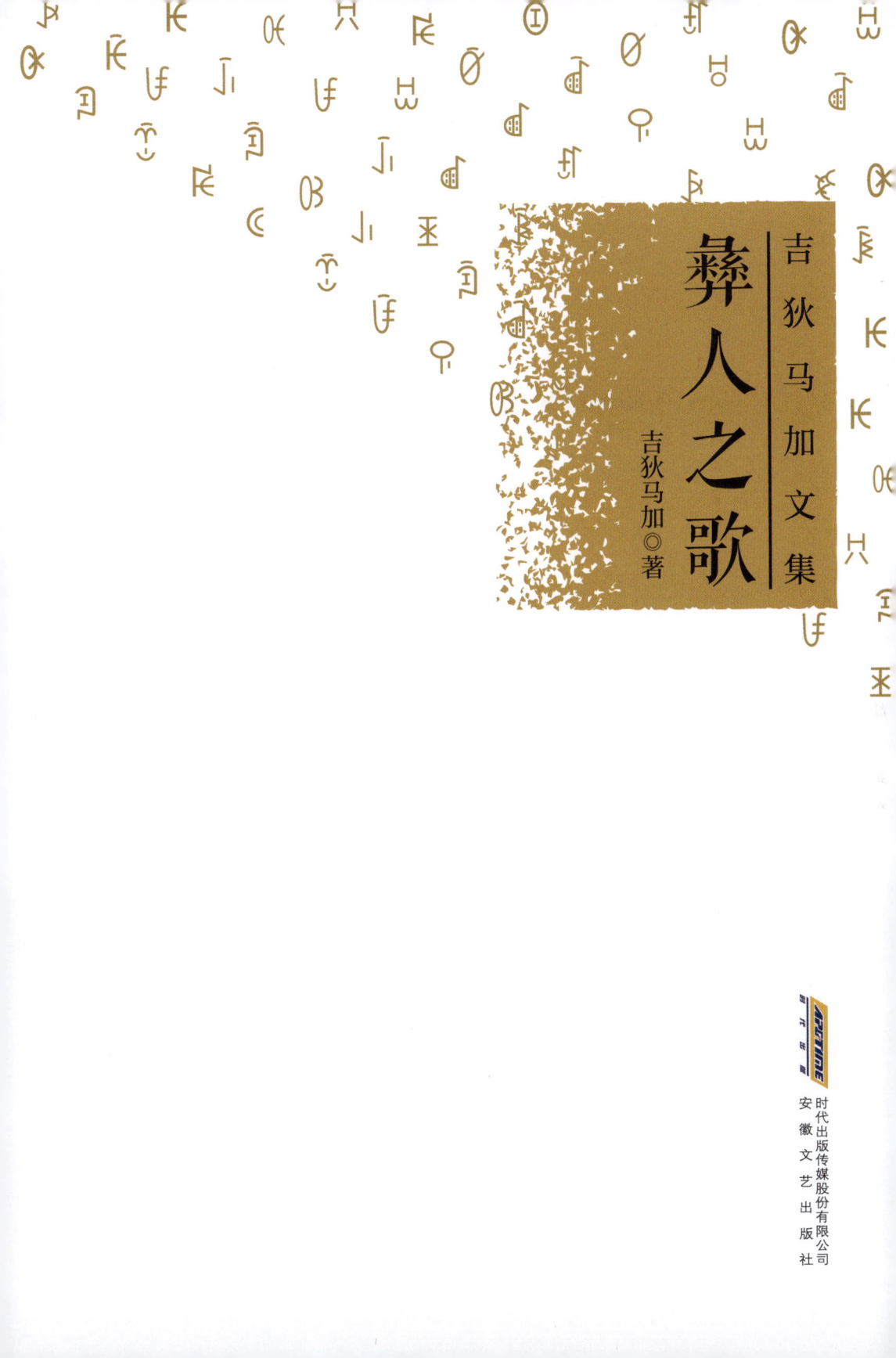

彝人之歌

吉狄马加文集

吉狄马加 ◎ 著

时代出版传媒股份有限公司
安徽文艺出版社

图书在版编目（CIP）数据

彝人之歌/吉狄马加著.—合肥：安徽文艺出版社，2021.1
（吉狄马加文集）
ISBN 978-7-5396-6949-6

Ⅰ．①彝… Ⅱ．①吉… Ⅲ．①诗集－中国－当代
Ⅳ．①I227

中国版本图书馆CIP数据核字(2020)第072737号

出 版 人：段晓静
策　　划：朱寒冬　　段晓静　　　　统　　筹：张妍妍
责任编辑：姚爱云　　　　　　　　　　装帧设计：张诚鑫

出版发行：时代出版传媒股份有限公司　www.press-mart.com
　　　　　安徽文艺出版社　　　www.awpub.com
地　　址：合肥市翡翠路1118号　邮政编码：230071
营 销 部：(0551)63533889
印　　制：安徽新华印刷股份有限公司　(0551)65859551

开本：700×1000　1/16　印张：20.75　字数：300千字
版次：2021年1月第1版
印次：2021年1月第1次印刷
定价：82.00元(精装)

（如发现印装质量问题，影响阅读，请与出版社联系调换）
版权所有，侵权必究

总序一

吉狄马加的天空

[阿根廷]胡安·赫尔曼

声音依靠在三块岩石上

他将话语抛向火,为了让火继续燃烧。

一堵墙的心脏在颤抖

月亮和太阳

将光明和阴影洒在寒冷的山梁。

当语言将祖先歌唱

酒的节日在牦牛的角上

去了何方?

他们来自雪域

出现的轮回从未中断

因为他在往火里抛掷语言。

多少人在忍受

时间的酷刑

缺席并沉默的爱抚

在天的口上留下了伤痛。

于是最古老的土地

复活在一个蓝色语汇的皱褶里。

恐惧的栏杆巍然屹立

什么也不会在死亡中死去。

吉狄马加

生活在赤裸的语言之家里

为了让燃烧继续

每每将话语向火中抛去。

2009年8月22日于墨西哥城

（胡安·赫尔曼，阿根廷当代著名诗人，同时也是健在的拉丁美洲最伟大的诗人之一，2007年塞万提斯文学奖获得者。）

总序二

吉狄马加：世界多元文化的杰出产物

[立陶宛]托马斯·温茨洛瓦

千百年来，中国文学一直以十分独特的方式发展，几乎完全隔绝于西方的传统，造成这种情况的原因既有空间上的隔绝（长城是这种隔绝的标志），也有独特的社会结构的原因，以及很可能是首要的原因：象形文字的独特之处。另一方面，中华文化对其他远东文化有重要影响，而且经常是决定性的影响。中国文学发展孕育出的美妙果实就是发源于古代典籍的古代抒情诗。中华民族引以为傲的诗人，如屈原、陶渊明、李白和杜甫，在世界文化之中的地位可与荷马、贺拉斯、彼特拉克相提并论。17世纪以前，中国古典文学对于西方来说完全是陌生的。

在19世纪，尤其是20世纪，东西方都经历了大规模的对外开放：欧洲和美洲对中国兴趣浓厚，反之亦然。远东地区的诗歌开始影响世界现代文学，而西欧、美国、俄罗斯甚至波兰的诗歌新潮流也渗透进中国文化，尽管这一过程总会带有不小的延迟。扰乱这一进程的不仅是文化之间的巨大差异，还有中国所经历的极其复杂、艰难的发展道路。今天我们仍然荡舟于相互渗透的激流之中，吉狄马加的创作就证明了这一点。他是中国著名的当代诗人之一，也是中国文化中辨识度极高的人物之一。

吉狄马加的诗与众不同，尽管它同时也是新时代世界文化的特色产物。他用中文创作，却属于聚居在离越南和泰国不远的山区、人口800万左右的彝族。这样一来，可以说，诗人又离我们的文化远了一层，但对于欧洲读者来说他的诗很容易理解。

彝族使用的语言属于汉藏语系藏缅语族，有着独立的文字系统。彝族文化中保留着许多与万物有灵信仰有关的古老元素。直到现在彝族人都尊崇萨满（毕摩），他们负责主持出生、婚礼和葬礼等仪式。彝族人崇拜山神、树神和石神，以及四大元素，即火、水、土和气之神。

吉狄马加的导师是中国著名诗人艾青。吉狄马加早年熟读中国古典文学和20世纪文学，还有西方文学。然而他始终心系自己民族——彝族的文化及其原始迷人的、对世界各大洲人民来说全新的世界观的传承。他深切同情每一个命途多舛的民族，这对于许多欧洲人来说非常亲切。他的诗极具表现力，自由奔放，充满比喻，时常夸张化处理，属于后现代浪潮的"寻根文学"。吉狄马加在对民间艺术的痴迷中接近魔幻现实主义。他在作品中经常涉及欧洲、美国和非洲诗歌。读者很容易就能注意到作者的修辞风格与诗人巴勃罗·聂鲁达、奥克塔维奥·帕斯，以及"黑人精神"学派的关联性。在那里我们还能找到其与多位中东欧诗人，从切斯拉夫·米沃什到戴珊卡·马克西莫维奇的作品之间的互文关系。诗人将这些与中国乃至远东的传统联系在一起，尤其与彝族远古神话传说相结合，得到了奇妙和出人意料的效果。

努力想理解我们这个时代的读者,能够在吉狄马加的诗中找到许多值得思考、能引起共鸣的东西。

(托马斯·温茨洛瓦,立陶宛诗人、学者和翻译家,美国耶鲁大学斯拉夫语言文学系教授,与米沃什、布罗茨基并称"东欧文学三杰",被称为"欧洲伟大的在世诗人之一"。)

总序三

时光在碾碎时针

——向吉狄马加及其诗作致敬

[叙利亚]阿多尼斯

一

忧伤的字母,这今日世界的身躯,
其中时光在碾碎时针,
在告诉日子:
"我和一颗星星掷着骰子
我预言:药剂是否将成为疾病的诱因?
太空的邮差身披空气丝绸
往返穿梭,它在传递什么?"

二

我在为万物披上面纱吗?然而,
我遮盖自己脸庞的
是爱情的纱巾?
还是神主的纱巾?
道路并非我的道路,步伐并非我的步伐,

我该向一张面孔发问?
还是向一面镜子发问?
面孔何其少,镜子何其多!

三

此地或彼处,东方或西方
生命是否已成为臆想的迷宫?
天堂是否已将大门紧闭?

四

根底,根底的伤口,在字母的怀抱里,
在呼唤和期待
对所谓"永恒"的叛逆。

五

在死者和死者之间
还有人正在死去,为什么
杀手们遗忘了他的姓名?

六

我们终日劳作痛苦书写的书籍,
其中没有符号,没有音节
词语

在词语中繁衍,

在荒漠中飘散。

七

此刻,我信马由缰地翻阅,

目之所及皆是伤口:

星球在流血,被天启欺骗。

八

灰烬在祝贺废墟,

灰烬

忠实于自己的约定。

九

诗篇能否拥抱存在?

能否再次描绘存在的面容和皱纹?

诗的玫瑰在哭悼童年的朋友,在吟唱:

我只会凭借芬芳作战。

十

大地怎么变成了一个声音

它只会道出自己的死亡?

天空怎么变成了一道血迹

在每一张脸庞流淌?

2012年10月末于巴黎

（薛庆国译）

（阿多尼斯，生于1930年，阿拉伯世界最重要的诗人、思想家、文学理论家，享誉当今世界诗坛的诗歌巨匠。评论家认为，阿多尼斯对阿拉伯诗歌的影响，可以同庞德或艾略特对英语诗歌的影响相提并论。）

目　录

001 / **总序一　吉狄马加的天空**
　　　　　［阿根廷］胡安·赫尔曼

003 / **总序二　吉狄马加：世界多元文化的杰出产物**
　　　　　［立陶宛］托马斯·温茨洛瓦

006 / **总序三　时光在碾碎时针**
　　　　　［叙利亚］阿多尼斯

001 / **我的歌**

003 / **自画像**

005 / **猎人岩**

007 / **回答**

008 / **"睡"的和弦**

010 / **彝人谈火**

011 / **口弦的自白**

012 / **民歌**

013 / 反差

014 / 老去的斗牛

017 / 死去的斗牛

019 / 母亲们的手

021 / 黑色河流

023 / 头巾

026 / 古老的土地

028 / 做口弦的老人

032 / 彝人之歌

034 / 感谢一条河流

035 / 我愿

037 / 致自己

038 / 听《送魂经》

039 / 理解

041 / 失去的传统

042 / 古里拉达的岩羊

043 / 部落的节奏

045 / 催眠曲

048 / 感受

049 / 土地

051 / 回忆的歌谣

053 / 黑色狂想曲

056 / 岩石

057 / 群山的影子

058 / 故土的神灵

059 / 日子

060 / 消隐的片断

062 / 山中

063 / 在远方

065 / 苦荞麦

066 / 被埋葬的词

067 / 追念

068 / 看不见的人

070 / 守望毕摩

072 / 毕摩的声音

073 / 骑手

074 / 萧红的哈尔滨

077 / 马鞍

079 / 寄山里的少女

081 / 初恋

083 / 最后的召唤

086 / 梦想变奏曲

088 / 题纪念册

091 / 一支迁徙的部落

094 / 星回节的祝愿

096 / 依玛尔博

098 / 含义

099 / 黄昏的怀想

100 / 秋天的肖像

102 / 布拖女郎

104 / 往事

106 / 题词

108 / 远山

110 / 彝人梦见的颜色

112 / 白色的世界

114 / 夜

116 / 看不见的波动

118 / 故乡的火葬地

121 / 只因为

123 / 太阳

124 / 我渴望

127 / 灵魂的住址

128 / 致布拖少女

130 / 无题

131 / 彝人

132 / 孩子的祈求

134 / 一个猎人孩子的自白

136 / 永恒的宣言

137 / 孩子和猎人的背

139 / 孩子与森林

141 / 猎人的路

143 / 爱的渴望

144 / 一个山乡孩子的歌

147 / 最后的传说

149 / 思念

151 / 鹰爪杯

152 / 孩子·船·海

154 / 土地上的雕像

157 / 英雄结和猎人

159 / 森林,猎人的蜜蜡珠

161 / 黄昏

163 / 泸沽湖

165 / 朵洛荷舞

166 / 龙之图腾

169 / 人啊，需要坚强

171 / 唱给母亲的歌

173 / 致印第安人

176 / 盼

177 / 秋的寻觅

179 / 史诗和人

181 / 失落的火镰

183 / 沙洛河

184 / 达基沙洛故乡

185 / 如果

186 / 等待

188 / 猎枪

189 / 关于爱情

190 / 告别大凉山

192 / 生活

193 / 被出卖的猎狗

194 / 列车在凉山的土地上

196 / 老人与布谷鸟

198 / 火神

199 / 老歌手

200 / 老人谣

202 / 色素

204 / 不是

205 / 假如

206 / 隐没的头

207 / 黄色始终是美丽的

208 / 有人问……

209 / 爱

210 / 我想对你说

211 / 宁静

213 / 山羊

214 / 陌生人

216 / 致萨瓦多尔·夸西莫多的敌人

217 / 信

218 / 秋日

219 / 吉卜赛人

220 / 基督和将军

221 / 狮子山上的禅寺

223 / 秋天的眼睛

224 / 献给痛苦的颂歌

225 / 这个世界的欢迎词

226 / 酒的怀念

227 / 西藏的狗

228 / 八角街

229 / 最后的酒徒

230 / 最后的礁石

232 / 长城

233 / 天涯海角

234 / 鹿回头

235 / 土墙

236 / 献给土著民族的颂歌

238 / 欧姬芙的家园

239 / 回望 20 世纪

242 / 想念青春

244 / 感恩大地

246 / 我爱她们

247 / 自由

248 / 献给 1987

249 / 在绝望与希望之间

251 / 我听说

253 / 我承认，我爱这座城市

256 / 敬畏生命

260 / 献给这个世界的河流

263 / 记忆中的小火车

265 / 时间

267 / 地中海

268 / 罗马的太阳

270 / 南方

271 / 在这样的时刻

272 / 科洛希姆斗兽场

274 / 岛

275 / 乞丐

276 / 水和玻璃的威尼斯

277 / 访但丁

278 / 头发

280 / 河流的儿子

282 / 意大利

284 / 记住这个时刻

285 / 你是谁

287 / 无题

288 / 但是……

290 / 或许我从未忘记过

292 / 致他们

293 / 我曾经……

295 / **水和生命的发现**

296 / **骆驼泉**

297 / **献给汶川的挽歌**

302 / **蒂亚瓦纳科**

304 / **面具**

306 / **祖国**

307 / **脸庞**

308 / **真相**

309 / **玫瑰祖母**

我的歌

我的歌
是长江和黄河多声部合唱中
一个个音符
我的歌
是多情的风
是缠绵的雨
是故乡山岗上
一只会唱歌的百灵
是献给这育养了我的土地的
最深沉的思念

我的歌
是一只飞过高山和平原的
美丽的相思鸟
我的歌
是含笑的泪
是初恋的潮
是远方地平线上
一条黑色的河
是献给我古老民族的
一束刚刚开放的花朵

我的歌

是那蓝色的天空上

一朵飘动的云

我的歌

是幽谷的回声

是远山的一种呼唤

是暴风雨过后

一条迷人的岸

是献给祖国母亲的

最崇高的爱情

自画像

> 风在黄昏的山冈上悄悄对孩子说话,
> 风走了,远方有一个童话等着它。
> 孩子留下你的名字吧,在这块土地上,
> 因为有一天你会自豪地死去。
>
> ——题记

我是这片土地上用彝文写下的历史

是一个剪不断脐带的婴儿

我痛苦的名字

我美丽的名字

我希望的名字

那是一个纺线女人

千百年来孕育着的

一首属于男人的诗

我传统的父亲

是男人中的男人

人们都叫他支格阿鲁①

我不老的母亲

是土地上的歌手

一条深沉的河流

---

① 支格阿鲁:彝族神话中的英雄,传说他在龙年龙月龙日龙时诞生。

我永恒的情人
是美人中的美人
人们都叫她呷玛阿妞
我是一千次死去
永远朝着左睡的男人
我是一千次死去
永远朝着右睡的女人
我是一千次葬礼开始后
那来自远方的友情
我是一千次葬礼高潮时
母亲喉头发颤的辅音

这一切虽然都包含了我
其实我是千百年来
正义和邪恶的抗争
其实我是千百年来
爱情和梦幻的儿孙
其实我是千百年来
一次没有完的婚礼
其实我是千百年来
一切背叛
一切忠诚
一切生
一切死
啊,世界,请听我回答
我——是——彝——人——

猎人岩

不知什么时候
山岩弯下了腰
在自己的脚下
撑起了一把伞
从此这里有了篝火

篝火是整个宇宙的
它噼噼啪啪地哼着
唱起了两个世界
都能听懂的歌
里面一串迷人的星火
外面一条神奇的银河
獐子肉淡淡的香味
拌和着烧熟了的传说
因为有一道永远敞开的门
因为有一扇无法关闭的窗
小鸟呀蝈蝈呀萤火虫呀蝙蝠呀
全都跑进屋里来了
雨丝是有声的门帘
牵动着梦中湿漉漉的思念
雪片是绣花的窗帘
挂满了洁白洁白的诗笺

石路上浅浅的脚印儿

像失落的记忆,斑斑又点点

一杆抽不尽的兰花烟

从黎明到黄昏

飘了好多好多年

假如有一天猎人再没有回来

他的篝火就要熄了

只要冒着青烟

那猎人的儿子

定会把篝火点燃

回 答

你还记得
那条通向吉勒布特①的小路吗?
一个流蜜的黄昏
她对我说:
我的绣花针丢了
快来帮我寻找
(我找遍了那条小路)

你还记得
那条通向吉勒布特的小路吗?
一个沉重的黄昏
我对她说:
那深深插在我心上的
不就是你的绣花针吗?
(她感动得哭了)

---

① 吉勒布特:凉山彝族腹心地带一地名。

"睡"的和弦

如果森林是一片郁郁的海
他就沉沉地浮起
呼吸在海岸线上
小屋像一只船
搁浅在森林的最南方
搁浅在平原的最北方
抛锚在一个大港湾
猎狗弓着背打盹
为火塘以外的夜,画一个温热的
起伏的问号
他睡在那间
有女人的头发味和孩子的
奶香味的小屋里
那梦境似流水,诡秘地卷过
他朦胧的头顶
白日里那只母鹿漂亮的影子
刚从这里飘走
他开始追寻,肩上落满了
好多秋天的黄金叶
他没有开枪。他看见那只母鹿
在一座中国西南的山上跳舞
于是他也想跳

但妻子枕着他的左臂
孩子枕着他的右臂
这是两个小港湾
他好像只能用神思
吹着悠扬的口哨
走往日猎人那种细碎步
一首不尽的森林小夜曲
便从他的额头上悄悄滑过

彝人谈火

给我们血液,给我们土地
你比人类古老的历史还要漫长
给我们启示,给我们慰藉
让子孙在冥冥中,看见祖先的模样
你施以温情,你抚爱生命
让我们感受仁慈,理解善良
你保护着我们的自尊
免遭他人的伤害
你是禁忌,你是召唤,你是梦想
给我们无限的欢乐
让我们尽情地歌唱
当我们离开这个人世
你不会流露出丝毫的悲伤
然而无论贫穷,还是富有
你都会为我们的灵魂
穿上永恒的衣裳

口弦①的自白

我是口弦

永远挂在她的胸前

从美妙的少女时光

到寂寞的老年

我是口弦

命运让我

睡在她心房的旁边

她通过我

把忧伤和欢乐

倾诉给黑暗

我是口弦

要是她真的

溘然离开这个人世

我也要陪伴着她

最终把自己的一切

拌和在冰冷的泥土里面

但是,兄弟啊,在漆黑的夜半

如果你感受到了

这块土地的悲哀

那就是我还在思念

---

① 口弦:一种特殊的口琴,用三片黄铜制成,形状像鱼或蜻蜓的翅膀。

民　歌

赶场的人们回家了
可是我的诗没有归来
有人曾看见它
带着金色的口弦
在黄昏路口的屋檐下
喝醉了酒
沮丧徘徊

坡上的羊儿进圈了
可是我的诗没有归来
领头羊曾看见它
在太阳沉落的时候
望着流血的山岗
欲哭无泪
独自伤感

四邻的乡亲都安睡了
可是我的诗没有归来
一个人坐在门前等待
这样的夜晚谁能忘怀？！

反　差

我没有目的

突然太阳在我的背后
预示着某种危险

我看见另一个我
穿过夜色和时间的头顶
吮吸苦荞的阴凉
我看见我的手不在这里
它在大地黑色的深处
高举着骨质的花朵
让仪式中的部族
召唤先祖们的灵魂

我看见一堵墙在阳光下古老
所有的谚语被埋进了酒中
我看见当音乐的节奏爬满羊皮
一个歌手用他飘忽着火焰的舌头
寻找超现实的土壤

我不在这里，因为还有另一个我
在朝着相反的方向走去

老去的斗牛
——大凉山斗牛的故事之一

它站在那里

站在夕阳下

一动也不动

低垂着衰老的头

它的整个身躯

像被海浪啃咬过的

礁石

它那双伤痕斑斑的角

像狼的断齿

它站在那里

站在夕阳下

紧闭着一只

还剩下的独眼

任一群苍蝇

围着自己的头颅飞旋

任一些大胆牛虻

爬满自己的脸

它的主人不知到何处去了

它站在那里

站在夕阳下

这时它梦见了壮年的时候

想起火把节的早晨

它好像又听见头上的角发出动人的声响

它好像又听见鼻孔里发出远山的歌唱

它好像又嗅到了斗牛场

那熟悉而又潮湿的气息

它好像又感到一阵狂野的冲动

从那黑色的土地上升起

它好像又感到

奔流着的血潮正涌向全身

每一根牛毛都像坚硬的钢丝一般

它好像又听到了人们欢呼的声音

在夏日阳光的原野上

像一只只金色的鹿

欢快着奔跑着跳跃着

它好像又看见那年轻的主人牵着它

红色的彩带挂在了头顶

在高高的山岗

它的锐角挑着一轮太阳

红得就像鲜血一样

它站在那里

站在夕阳下

有时会睁开那一只独眼

望着昔日的斗牛场

发出一声悲哀的吼叫

于是那一身

枯黄的毛皮

便像一团火

在那里疯狂地燃烧

死去的斗牛
——大凉山斗牛的故事之二

你尽可以把他消灭掉,可就是打不败他。

——欧内斯特·海明威

在一个人们
熟睡的深夜
它有气无力地躺在牛栏里
等待着那死亡的来临
一双微睁着的眼
充满了哀伤和绝望

但就在这时它仿佛听见
在那远方的原野上
在那昔日的斗牛场
有一头强壮的斗牛向它呼叫
用挑战的口气
喊着它早已被遗忘的名字
戏弄着它,侮辱着它,咒骂着它
也就在这瞬间,它感到
有一种野性的刺激在燃烧
于是,它疯狂地向那熟悉的原野奔去
就在它冲去的地方

栅栏发出垮掉的声音
小树发出断裂的声音
岩石发出撞击的声音
土地发出刺破的声音

当太阳升起的时候
在多雾的早晨
人们发现那头斗牛死了
在那昔日的斗牛场
它的角深深地扎进了泥土
全身就像被刀砍过一样
只是它的那双还睁着的眼睛
流露出一种高傲而满足的微笑

母亲们的手

彝人的母亲死了,在火葬的时候,她的身子永远是侧向右睡的,听人说那是因为,她还要用自己的左手,到神灵世界去纺线。

——题记

就这样向右悄悄地睡去
睡成一条长长的河流
睡成一架绵绵的山脉
许多人都看见了
她睡在那里
于是山的女儿和山的儿子们
便走向那看不见海的岸
岸上有一条美人鱼
当液态的土地沉下去
身后立起一块沉默的礁石
这时独有一支古老的歌曲
拖着一弯最纯洁的月牙
就这样向右悄悄地睡去
在清清的风中
在蒙蒙的雨里
让淡淡的雾笼罩
让白白的云萦绕
无论是在静静的黎明

还是在迷人的黄昏
一切都成了冰冷的雕像
只有她的左手还飘浮着
皮肤上一定有温度
血管里一定有血流

就这样向右悄悄地睡去
多么像一条美人鱼
多么像一弯纯洁的月牙
多么像一块沉默的礁石
她睡在土地和天空之间
她睡在死亡和生命的高处
因此江河才在她身下照样流着
因此森林才在她身下照样长着
因此山岩才在她身下照样站着
因此我苦难而又甜蜜的民族
才这样哭着,才这样喊着,才这样唱着

就这样向右悄悄地睡去
世间的一切都要消失
在浩瀚的苍穹中
在不死的记忆里
只有她的左手还飘浮着
那么温柔,那么美丽,那么自由

黑色河流

> 兰斯顿·休斯①给了我一种吟唱的方式,而我呈现给世界的却是一个属于自己的有关死亡的独白。
>
> ——题记

我了解葬礼,
我了解大山里彝人古老的葬礼。
(在一条黑色的河流上,
人性的眼睛闪着黄金的光。)

我看见人的河流,正从山谷中悄悄穿过。
我看见人的河流,正漾起那悲哀的微波。
沉沉地穿越这冷暖的人间,
沉沉地穿越这神奇的世界。

我看见人的河流,汇聚成海洋,
在死亡的身边喧响,祖先的图腾被幻想在天上。
我看见送葬的人,灵魂像梦一样,
在那火枪的召唤声里,幻化出原始美的衣裳。
我看见死去的人,像大山那样安详,
在一千双手的爱抚下,听友情歌唱忧伤。

---

① 兰斯顿·休斯(1902—1967):美国现代著名诗人,被誉为"黑人民族的桂冠诗人"。

我了解葬礼,
我了解大山里彝人古老的葬礼。
(在一条黑色的河流上,
人性的眼睛闪着黄金的光。)

头　巾

有一个男人把一块头巾
送给了与他相爱的女人
这个女人真是幸运
因为她总算和这个
她真心相爱的男人结了婚
朝也爱
暮也爱
岁月悄悄流去
只要一看见那头巾
总有那么多甜蜜的回忆

有一个男人把一块头巾
送给了与他相爱的女人
可这个女人的父母
却硬把她嫁给了一个
她从不认识的人
从此她的泪很多
从此她的梦很多
于是她只好用那头巾
去擦梦里的灰尘

有一个男人把一块头巾

送给了与他相爱的女人
或许由于风
或许由于雨
或许由于一次特大的山洪
彼此再没有消息
于是不知过了多少年
在一个赶集的路口
这个女人突然又遇见了那个男人
彼此都默默无语
谁也不愿说起过去
两个人的手中
都牵着各自的孩子

有一个男人把一块头巾
送给了与他相爱的女人
可能是一次远方的雷声
可能是一次初夏的寒冷
这个女人和一个外乡人走了
她想等到盛夏的傍晚就回来
可是回来已是冬天的早晨
从此她只好在那有月光的晚上
偷偷地数那头巾上的花格

有一个男人把一块头巾
送给了与他相爱的女人
但为了一个永恒的等待

天说要背叛

地说要背叛

其实那是两条相望的海岸

尽管也曾有过船

醒着也呢喃

睡着也呢喃

最后有一天

这个女人死了

送葬的人

才从她珍藏的遗物中

发现这条头巾

可谁也没有对它发生兴趣

可谁也不会知道它的历史

于是人们索性就用这头巾

盖住死者那苍白的脸

连同那蜷曲的身躯

在那山野里烧成灰烬

古老的土地

我站在凉山群山护卫的山野上,
脚下是一片神奇的土地。
这是一片埋下了祖先头颅的土地。

古老的土地,
比历史更悠久的土地,
世上不知有多少这样古老的土地。

我仿佛看见成群的印第安人,
在南美的草原上追逐鹿群,
他们的孩子在土地上安然睡去,
独有那些棕榈在和少女们私语。
我仿佛看见黑人,那些黑色的兄弟,
正踩着非洲沉沉的身躯,
他们的脚踏响了土地,
那是一片非洲鼓一般的土地,
那是和他们的皮肤一样黝黑的土地,
眼里流出一个鲜红的黎明。

我仿佛看见埃塞俄比亚,
土地在闪着远古黄金的光,
正有一千架巴拉丰琴,

开始赞颂黑色的祭品。
我仿佛看见顿河在静静流,
流过那片不用耕耘的土地,
哥萨克人在黄昏举行婚礼。
到处是这样古老的土地,
婴儿在这土地上降生,
老人在这土地上死去。

古老的土地,
比历史更悠久的土地,
世上不知有多少这样古老的土地。
在活着的时候,或是死了,
我的头颅,那彝人的头颅,
将刻上人类友爱的诗句。

做口弦的老人

这是谁的口弦在太阳下闪光,多么像蜻蜓的翅膀。

——题记

一

在群山环绕的山谷中
他的锤声正穿过那寂静无声的雾
音乐会溅落星星般的露珠
处女林会停止风中的舞步
那就让这男性的振动
在高原湖丰腴的腹部上
开始月光下
爱和美的结盟

二

他苍老多皱的手
是高原十二月的河流
流褐黄色的音韵
流起伏着的思绪
正缓缓地
剪裁金黄金黄的古铜

三

他的手里正游过一条自由的鱼
它两翼是古铜色的波浪
他举起高而又高的礁石
在和金色的鱼鳞碰撞
于是从他的童话世界中
将飞出好多好多迷人的蜻蜓

四

蜻蜓金黄的翅膀将振响
响在太阳的天空上
响在土地的山峰上
响在男人的额头上
响在女人的嘴唇上
响在孩子的耳环上
蜻蜓金黄的翅膀将振响
响在东方
响在西方
响给黄种人听
响给黑种人听
响给白种人听
响在长江和黄河的上游
响在密西西比河的下游
这是彝人来自远古的声音
这是彝人来自灵魂的声音

五

当月亮从大山背后升起
爱在山岗上岩石般站立
缠绵的蜻蜓
匆忙的蜻蜓
甜蜜的蜻蜓
到少女的胸脯上栖息
那些无声的喇叭花
独自对着星空呼吸

因为有了一对对金色的翅膀
爱在这块土地上才如此久长

六

假如土地上失去了金翅拍击的声音
假如土地上失去了呼唤友情的回音
那世界将是一个死寂的世界
那土地将是一片荒凉的土地
有什么比这更令人绝望
有什么比这更令人悲哀

七

人类在制造生命的蛋白质
人类在制造死亡的核原子
毕加索的和平鸽

将与轰炸机的双翼并行

从人类的头上飞过

飞过平原　飞过

飞过高山　飞过

飞过江河　飞过

飞过那些无名的幽谷　　飞过

我们的老人已经制造了一万次爱情

我们的老人已经制造了一千颗太阳

看那些蜻蜓金黄的翅膀

正飞向每个种族的故乡

八

有一天他将默默地死去

为了永恒的爱而停止呼吸

那时在他平静的头颅上

会飞绕着一群美丽的蜻蜓

它们闪着金黄金黄的翅膀

这块土地上爱唱歌的彝人

将抬着他的躯体　　走向

走向那千古不灭的太阳

彝人之歌

我曾一千次
守望过天空,
那是因为我在等待
雄鹰的出现。
我曾一千次
守望过群山,
那是因为我知道
我是鹰的后代。
啊,从大小凉山
到金沙江畔,
从乌蒙山脉
到红河两岸,
妈妈的乳汁像蜂蜜一样甘甜,
故乡的炊烟湿润了我的双眼。

我曾一千次
守望过天空,
那是因为我在期盼
民族的未来。
我曾一千次
守望过群山,
那是因为我还保存着

我无法忘记的爱。
啊,从大小凉山
到金沙江畔,
从乌蒙山脉
到红河两岸,
妈妈的乳汁像蜂蜜一样甘甜,
故乡的炊烟湿润了我的双眼。

感谢一条河流

当我想念你的时候
我就会想到那一条河流
我就会想到河流之上的那一片天空
这如梦的让人心碎的相遇啊
为了这一漫长的瞬间
我相信,我们那饥渴的灵魂
已经穿越了所有的世纪
此时我才明白,我是属于你的
正如你也属于我
为了这个季节,我们都等了很久
这是上帝的意志,还是命运的安排
为什么欢乐和痛苦又都一并到来
我知道那命定的关于河流的情结
会让我的一生充满了甜蜜与隐痛

我　愿

彝人的孩子生下地,母亲就要用江河里纯净的水为孩子洗浴。
——题记

当有一天我就要死去
踏着夕阳的影子走向大山
啊,妈妈,你在哪里?
纵然用含着奶汁的声音喊你
也不会有你的回音
只有在黄昏
在你的火葬地
才看见你颤颤巍巍的身影

这时让我走向你
啊,妈妈,我的妈妈
你不是暖暖的风
也不是绵绵的雨
你只是一片青青的
无言的草地
那么就让我赤裸着
唱一支往日的歌曲

啊,妈妈,我的妈妈

你无须用嘴为我呻吟
假如这是爱的时辰
那夜露就会悄悄降临
在这茫茫世界
在这冷暖人间
我的皮肤有太阳的光泽
我的眼睛有森林的颜色
可你看见了吗?
我的躯体
那曾经因为你
而最洁净的躯体
也曾被丑恶雕刻

啊,妈妈,我的妈妈
我真的就要见到你了吗?
那就请为你的孩子
再做一次神圣的洗浴
让我干干净净的躯体
永远睡在你的怀里

致自己

没有小路
不一定就没有思念
没有星光
不一定就没有温暖
没有眼泪
不一定就没有悲哀
没有翅膀
不一定就没有谎言
没有结局
不一定就没有死亡
但是这一点可以肯定
如果没有大凉山和我的民族
就不会有我这个诗人

听《送魂经》

要是在活着的日子
就能请毕摩①为自己送魂
要是在活着的日子
就能沿着祖先的路线回去
要是这一切
都能做到
而不是梦想
要是我那些
早已长眠的前辈
问我每天在干些什么
我会如实地说
这个家伙
热爱所有的种族
以及女子的芳唇
他还常常在夜里写诗
但从未坑害过人

---

① 毕摩：彝族的文化传承者和祭司。

彝人之歌

理 解

跟着我
走进那聚会的人流
去听竖笛和马布①的演奏
你一定会目睹
在每一支曲调之后
我都会深深地低下头

跟着我
但有一个请求
你可千万不能
看见我流泪
就认为这是喝醉了酒
假如说我的举动
真的有些反常
那完全是由于
这独特的音乐语言
古老而又美妙

跟着我
你不要马上拉我回家

---

① 马布：彝族的一种原始乐器。

因为你还不会知道
在这样的旋律和音阶中
我是多么的心满意足

失去的传统

好像一根
被遗弃的竹笛
当山风吹来的时候
它会呜呜地哭泣

又像一束星光
闪耀在云层的深处
可在它的眼里
却含有悲哀的气息
其实它更像
一团白色的雾霭
沿着山岗慢慢地离去
没有一点声音
但弥漫着回忆

古里拉达①的岩羊

再一次瞩望
那奇妙的境界
其实一切都在天上
通往神秘的永恒
从这里连接无边的浩瀚
空虚和寒冷就在那里
蹄子的回声沉默

雄性的弯角
装饰远走的云雾
背后是黑色的深渊
它那童真的眼睛
泛起幽蓝的波浪

在我的梦中
不能没有这颗星星
在我的灵魂里
不能没有这道闪电
我怕失去了它
在大凉山的最高处
我的梦想会化为乌有

---

① 古里拉达：大凉山地区一地名。

部落的节奏

在充满宁静的时候
我也能察觉
它掀起的欲望
爬满了我的灵魂
引来一阵阵风暴

在自由漫步的时候
我也能感到
它激发的冲动
奔流在我的体内
想驱赶一双腿
去疯狂地迅跑

在甜蜜安睡的时候
我也能发现
它牵出的思念
萦绕在我的大脑
让梦终夜地失眠

呵,我知道
多少年来
就是这种神奇的力量

它让我的右手
在淡淡的忧郁中
写下了关于彝人的诗行

催眠曲
——为彝人母亲而作

天上的雄鹰
也有站立的时候
地上的豹子
也有困倦的时候
妈妈的儿子
你就睡吧
（有一只多情的手臂
从那温暖的地方伸来
歌手沉重的额头
寂静如月光的幻影）

天上的斑鸠
也有不飞的时候
地上的獐子
也有停步的时候
妈妈的儿子
你就睡吧
（传说奇妙的故事
被梳理成少女的小辫
游戏在天黑之前
把梦想留在了门外）

天上的大雁
也有入眠的时候
地上的猎狗
也有打盹的时候
妈妈的儿子
你就睡吧
（远处的隐隐雷声
剩下的缠绵思念
小路再不会明白
那雨季过后的期待）

天上的太阳
也有下落的时候
地上的火塘
也有熄灭的时候
妈妈的儿子
你就睡吧
（等你早晨醒来
就会长成威武的勇士
假如你的妈妈
已经离开了这个人世
你可千万不要去
把她苦苦地找寻
因为她永远属于
这片黑色的土地）

天上的月亮
也有消隐的时候
地上的河流
也有沉默的时候
妈妈的儿子
你就睡吧
(星星爬上了天幕
山谷里紫色的微风
早已迷失了踪影
独有灵魂才能感到
那一种无声的忧郁)

感　受

从瓦板屋顶飞过
它没有声音
还是和平常那样
微微地振动
融化在空气中

隐约在山的那边
阳光四处流淌
青色的石板上
爬满了昆虫
有一节歌谣催眠
随着水雾上升
迷离的影子
渐渐消失

傍晚的时候
打开沉重的木门
望着寂静的天空
我想说句什么
然而我说不出

土　地

我深深地爱着这片土地
不只因为我们在这土地生
不只因为我们在这土地死
不只因为有那么多古老的家谱
我们见过面和没有见过面的亲人
都在这块土地上一个又一个地逝去
不只因为在这土地上
有着我们千百条深沉的野性的河流
祖先的血液在日日夜夜地流淌

我深深地爱着这片土地
不只因为那些如梦的古歌
在人们的心里是那样的悲凉
不只因为在这土地上
妈妈的抚摸是格外的慈祥
不只因为在这土地上
有着我们温暖的瓦板屋
千百年来为我们纺着线的
是那些坐在低矮的木门前
死去了的和至今还活着的祖母
不只因为在这土地上
我们的古磨还在黄昏时分歌唱

那金黄的醉人的温馨
流进了每一个女人黝黑的乳房

我深深地爱着这片土地
还因为它本身就是那样的平平常常
无论我怎样地含着泪对它歌唱
它都沉默得像一块岩石一声不响
只有在我悲哀和痛苦的时候
当我在这土地的某一个地方躺着
我就会感到土地——这彝人的父亲
在把一个沉重的摇篮轻轻地摇晃

回忆的歌谣

就是那种旋律
远远地从大山的背后升起

就是那种旋律
古老的,神秘的旋律

就是那种旋律
多么熟悉而又深沉的旋律
它就像母亲的乳房,它就像妻子的眼睛
就是那种旋律
它幻化成燃烧的太阳,它披着一身迷人的星光
就是那种旋律
不知是谁推开了彝人的木门
一串金黄的泪滴流进了火塘

就是那种旋律
它在口弦的摇荡处,它在舞步的节奏中
就是那种旋律
它掠过女人的额头,它飘浮在孩子的唇上
就是那种旋律
它在低矮的瓦板屋顶
千百年来编织着黑色的梦想

就是那种旋律
哪怕你把自己变成潜水员
潜入深深的水底
你也会发现它在你黝黑的灵魂里
像一条自由而美丽的鱼

就是那种旋律
远远地从大山的背后升起

就是那种旋律
迷惘的,忧伤的旋律

黑色狂想曲

在死亡和生命相连的梦想之间
在河流和土地的幽会之处
当星星以睡眠的姿态
在蓝色的夜空静默
当歌手忧郁的嘴唇失去柔软
木门不再响动,石磨不再歌唱
摇篮曲的最后一个音符跳跃成萤火
所有疲倦的母亲都已进入梦乡

而在远方,在云的后面
在那山岩的最高点
沉睡的鹰爪踏着梦想的边缘
死亡在那个遥远的地方紧闭着眼
而在远方,在这土地上
千百条河流在月光下游动
它们的影子走向虚无
而在远方,在那森林里
在松针诱惑的枕头旁
残酷的豹忘记了吞食身边的岩羊
在这寂静的时刻
啊,古里拉达峡谷中没有名字的河流
请给我你血液的节奏

让我的口腔成为你的声带

大凉山男性的乌抛山
快去拥抱小凉山女性的阿呷居木山
让我的躯体再一次成为你们的胚胎
让我在你腹中发育
让那已经消失的记忆重新膨胀

在这寂静的时刻
啊,黑色的梦想,你快覆盖我,笼罩我
让我在你情人般的抚摸中消失吧
让我成为空气,成为阳光
成为岩石,成为水银,成为女贞子
让我成为铁,成为铜
成为云母,成为石棉,成为磷火
啊,黑色的梦想,你快吞没我,溶化我
让我在你仁慈的保护下消失吧
让我成为草原,成为牛羊
成为獐子,成为云雀,成为细鳞鱼
让我成为火镰,成为马鞍
成为口弦,成为马布,成为卡谢着尔①
啊,黑色的梦想,就在我消失的时候
请为我弹响悲哀和死亡之琴吧
让吉狄马加这个痛苦而又沉重的名字

---

① 口弦、马布、卡谢着尔:均为彝族的原始乐器。

在子夜时分也染上太阳神秘的色彩

让我的每一句话,每一支歌
都是这土地灵魂里最真实的回音
让我的每一句诗,每一个标点
都是从这土地蓝色的血管里流出
啊,黑色的梦想,就在我消失的时候
请让我对着一块巨大的岩石说话
身后是我苦难而又崇高的人民
我深信这千年的孤独和悲哀呵
要是岩石听懂了也会淌出泪来
啊,黑色的梦想,就在我消失的时候
请为我的民族升起明亮而又温暖的星星吧
啊,黑色的梦想,让我伴随着你
最后进入那死亡之乡

岩　石

它们有着彝族人的脸形
生活在群山最孤独的地域
这些似乎没有生命的物体
黝黑的前额爬满了鹰爪的痕迹
(当岁月漫溢的情感
穿过了所有的虚幻的季节
望着古老的天空和熟悉的大地
无边的梦想，迷离的回忆
只有那阳光燃成的火焰
让它们接近于死亡的睡眠
可是谁又能告诉我呢？
这一切包含了人类的不幸)

我看见过许多没有生命的物体
它们有着彝族人的脸形
一个世纪又一个世纪的沉默
并没有把他们的痛苦减轻

群山的影子

跟随太阳而来
命运的使者
没有头
没有嘴
没有骚动和喧哗

它是光的羽衣
来自隐秘的地方
抚摸倦意和万物的渴望
并把无名的预感
传给就要占卜的羊骨

那是自由的灵魂
彝人的护身符
躺在它宁静的怀中
可以梦见黄昏的星辰
淡忘钢铁的声音

故土的神灵

把自己的脚步放轻
穿过自由的森林
让我们同野兽一道行进
让我们陷入最初的神秘

不要惊动它们
那些岩羊、獐子和花豹
它们是白雾忠实的儿子
伴着微光悄悄地隐去

不要打扰永恒的平静
在这里到处都是神灵的气息
死了的先辈正从四面走来
他们惧怕一切不熟悉的阴影

把脚步放轻,还要放轻
尽管命运的目光已经爬满了绿叶
往往在这样异常沉寂的时候
我们会听见来自另一个世界的声音

日　子

我知道山里的布谷
在什么时候筑巢
这已经是很早的事情
要是有人问我
蜜蜂在哪块岩上歌唱
说句实话
我可以轻松地回答
谈到蝉儿的表演
充满了梦幻的阳光
当然它只会在
撒荞的季节鸣叫
唉，一个人的思念
有时确也奇特
对于这一点我敢担保
假如命运又让我
回到美丽的故乡
就是紧闭着双眼
我也能分清
远处朦胧的声音
是少女的裙裾响动
还是坡上的牛羊嚼草

消隐的片断

有一天独坐
目光里密布着
看不见的阴影

许多事情
已经遗忘
对于一个人来说
这样的时候
并不是很多

情人的面孔
非常模糊
所有回想的地域
都飘满了白雾

有时
也想睁眼
看看窗外

或许意识的边缘
确有一片阳光
像鸟的翅膀

假如没有声音

总会听见

自己的心跳

空洞

而又陌生

似乎

肉体

并不存在

难道这就是

永恒的死亡？！

山　中

在那绵延的群山里
总有这样的时候
一个人低头坐在屋中
不知不觉会想起许多事情
脚前的火早已灭了
可是再也不想动一动自己的身体
这漫长寂寞的日子
或许早已成了习惯
那无名的思念
就像一个情人
来了又走了
走了又来了
但是你永远不会知道
她是不是已经到了门外
在那绵延的群山里
总有这样的时候
你会想起一位
早已不在人世的朋友

彝人之歌

在远方

在远方
站立着的是溥石瓦黑①
那如梦的山岗
黄昏时分来临
独有浮雕人
在和云说话
有一种永恒
已走向天空
然后是敲门
不会忘记,不会

在远方
长流着的是吉勒布特
那野性的河流
回去的路上
迷路的孩子
望见了妈妈
有一种呼唤
在摇着群山
然后是忏悔

---

① 溥石瓦黑:一处地名。

不会忘记,不会

在远方
等待着的是瓦板屋中
那温暖的火塘
夜半过后
一声叹息
抚摸不在身旁
有一种思念太重
在拨弹折断的口弦
然后是沉默
不会忘记,不会

苦荞麦

荞麦啊,你无声无息
你是大地的容器
你在吮吸星辰的乳汁
你在回忆白昼炽热的光
荞麦啊,你把自己根植于
土地生殖力最强的部位
你是原始的隐喻和象征
你是高原滚动不安的太阳
荞麦啊,你充满了灵性
你是我们命运中注定的方向
你是古老的语言
你的倦意是徐徐来临的梦想
只有通过你的祈祷
我们才能把祝愿之词
送到神灵和先辈的身边
荞麦啊,你看不见的手臂
温柔而修长,我们
渴望你的抚摸,我们歌唱你
就如同歌唱自己的母亲一样

被埋葬的词

我要寻找
被埋葬的词
你们知道
它是母腹的水
黑暗中闪光的鱼

我要寻找的词
是夜空宝石般的星星
在它的身后
占卜者的双眸
含有飞鸟的影子

我要寻找的词
是祭司梦幻的火
它能召唤逝去的先辈
它能感应万物的灵魂

我要寻找
被埋葬的词
它是一个山地民族
通过母语，传授给子孙的
那些最隐秘的符号

追 念

我站在这里
我站在钢筋和水泥的阴影中
我被分割成两半

我站在这里
在有红灯和绿灯的街上
再也无法排遣心中的迷惘
妈妈,你能告诉我吗?
我失去的口弦是否还能找到

看不见的人

在一个神秘的地点
有人在喊我的名字
但我不知道
这个人是谁?
我想把他的声音带走
可是听来却十分生疏
我敢肯定
在我的朋友中
没有一个人曾这样喊叫我

在一个神秘的地点
有人在写我的名字
但我不知道
这个人是谁?
我想在梦中找到他的字迹
可是醒来总还是遗忘
我敢肯定
在我的朋友中
没有一个人曾这样写信给我

在一个神秘的地点
有人在等待我

但我不知道
这个人是谁?
我想透视一下他的影子
可是除了虚无什么也没有
我敢肯定
在我的朋友中
没有一个人曾这样跟随我

守望毕摩
——献给彝人的祭司之一

毕摩死的时候
母语像一条路被洪水切断
所有的词,在瞬间
变得苍白无力,失去了本身的意义
曾经感动过我们的故事
被凝固成石头,沉默不语

守望毕摩
就是守望一种文化
就是守望一个启示
其实我们没有选择的余地
因为时间已经证实
就在他渐渐消隐的午后
传统似乎已经被割裂
史诗的音符变得冰凉

守望毕摩
我们悼念的不但是
一个民族的心灵
我们的两眼泪水剔透
那是在为智慧和精神的死亡

而哀伤

守望毕摩
是对一个时代的回望
那里有多少神秘、温情和泪水啊!

毕摩的声音
——献给彝人的祭司之二

你听见它的时候

它就在梦幻之上

如同一缕淡淡的青烟

为什么群山在这样的时候

才充满着永恒的寂静

这是谁的声音？它飘浮在人鬼之间

似乎已经远离了人的躯体

然而它却在真实与虚无中

同时用人和神的口说出了

生命与死亡的赞歌

当它呼喊太阳、星辰、河流和英雄的祖先

召唤神灵与超现实的力量

死去的生命便开始了复活！

骑 手

疯狂地
旋转后
他下了马
在一块岩石旁躺下

头上是太阳
云朵离得远远

他睡着了
是的,他真的睡着了
身下的土地也因为他
而充满了睡意

然而就在这样的时候
他的血管里
响着的却依然是马蹄的声音

萧红的哈尔滨

哈尔滨是萧红的
因为在城市的
边缘
这个伟大的女人
所讲述的故事
最终让我们
记住了——呼兰河
一个不朽的名字!
这是一个梦
开始的地方
她曾在
黑夜里行走
而不知道
北极在哪个方向
说不清在什么地方
这个天才女子
曾经预言
爱情将被谎言
在旅途中杀死!
因为一个奇迹
我们才千百次地想念
这个遥远的城市

诚然她的尸骨
被埋在了陌生的异乡
但我敢肯定，她的灵魂
从未离开过
这寒冷和风雪的国度

中国的北方
北方的中国
是一个女人创造了
生命和死亡的神话
当她微笑的时候
却在衣衫的下面
隐藏着看不见的伤痕！
这个城市
街道上的石头
从来只用一个姿势
来面对这个世界
它看见匆匆的过客
从虚无中走来
在路的尽头
又变成了虚无

谁知道
有多少人类的记忆
被埋藏在其间
萧红离开这里

再没有回来
这是一种宿命
其实就是这个人
把拥有的全部苦难和激情
都祭献给了
活着的时间
以及永恒的沉默！

马 鞍
——写在哈萨克诗人唐加勒克①纪念馆

这是谁的马鞍

它的沉默

为什么让一个

热爱草原的民族

黯然神伤!

它是如此地宁静

无声的等待

变成了永恒

仿佛马蹄的声音

也凝固成了石头

这是爱情的见证

它忠实的主人

策马跑过了世界上

男人和女人,最快乐的时光

它还在呼唤,因为它相信

骑手总有一天

还会载誉归来

它是沉重的,如同牧人的叹息

一个崇尚自由的灵魂

---

① 唐加勒克:我国现代哈萨克族著名诗人,曾被国民党政府监禁,1947年病逝。

为了得到人的尊严和平等
有时候可供选择的
只能是死亡!

寄山里的少女

在大山里,你是
一支古老而又古老的歌
是切分音的调子
是草坪上一只爱打闹的小羊
其实这已不是过去
溪水照样在悄悄流淌

你原是祖先木门前
那个传统的雕像
是那个牵着太阳的纺织娘

你从那条小路上去背水
已经不下一千次了
恋人可以说明
岩井里有你永恒的模样
如今你拨响金黄的口弦
全为了思念山外
那个小雨中的车站
听人说从那里
可以走向一个世界

要是到了夏天花香浮动的暗夜

你是草垛上那个自由的船长
谁也不知道这船将开向何方
独有你的黑发在夜空中飘扬

初　恋

童年。大人们说，
凡是孩子的脸都圆。
我去问妈妈，这是为什么呢？
妈妈只是伸手指了指月亮。
那月亮很圆，静静地睡在树梢上。
我想起了弟弟的蜻蜓网，
他怎么去网这样一个娴静的姑娘？
这时屋檐下，挂满了金黄色的玉米串，
我想起了少女的项链。
于是我们在树下捉迷藏，
于是我们在月下"抢新娘"①。
不知为什么，每每我把她寻找，
她便悄悄走到我身旁，
化成了如水的月亮。
她的笑声，湿透了我的衣裳。
当有一天她长成了一棵白杨，
在原野上为了爱而歌唱。

她骑上花花的马鞍。

---

① 抢新娘：彝族姑娘出嫁时，男方家将派人来接，这时姑娘的同伴就要出来阻挠，而男方家的人为了得到姑娘便"抢"，这是一个很欢乐的场面。

可我不是她的新郎。
就在那天晚上,妈妈说我是大人了。
她叫我把那些穿不上身的小衣裳,
都让我给弟弟去穿。
可是我藏下了那件,
曾被笑声湿透的衣裳。
要去寻找那晚的月光,
只有在我的灵魂里。
我想起了弟弟的蜻蜓网,
他怎么去网这样一个娴静的姑娘?

最后的召唤

不幸,他安置的最后一支暗器,却射穿了自己的胸膛。
——题记

凡是黎明和黄昏的时候他都要到山里去
为了猎取豹,为了猎取祖先的崇高荣誉
当灵魂对着森林说话,他安下许多暗器
(听那些山里人说
他年轻的时候
名字嫁给了风
被送到很远很远
因为他
捕获了好多豹)

他是个沉默的男子汉,额头上写满历险的日记
只有在那欢乐溢满高原湖寂静的时候
他才用低低的鼻音,他才用沉沉的胸音
哼一支长长的山歌,那支歌弯弯又曲曲
让那些女人的心发颤,泛起无比的波澜
让那些女人的鼻发酸,比那黄昏的山岩更灿烂
他的头颅上有远古洪荒时期群山的幻影
他褐色的胸膛是充满了野性和爱情的平原
让那些女人在上面自由地耕种不死的信念

（听那些山里人说
这时他已经老了
但他执意要去
安最后一次暗器
去中一只豹
听那些山里人说
那天他走向山里
正是黄昏的时候
他独自哼着歌曲
这次他真的是去了
从此再没有回来
后来人们才发现
他死在了安暗器的地方
那最后一支暗器
射穿了他的胸膛）

他倒下了很像一块星光下充满了睡意的平原
他睁着眼正让银河流出一些无法破译的语言
让他死去的消息像一棵树在山顶上站立吧
让那些爱他的女人像太阳鸟在树上栖息吧
一个关于男子汉的故事将在那大山里传开
尽管命运有时给人生穿上这样残酷的衣裳
（听那些山里人说
他的确是死了
只是在他死去的地方
不知过了多少年

有一个死去的女人
在那里火葬）

梦想变奏曲

假如我是世上最后一个猎人
那么我将站在地平线上
对着那孤独的森林
举枪
(这是最后一支枪
枪里还有最后一颗子弹)

我看见最后一只母鹿
我看见最后一只獐子
我看见最后一只松鼠
全竖着双耳
在听最后死亡的一响
但我终于——
没有开枪
因为我——
听见了身后
有人的声音
以及——
涨潮的海洋

于是——
我转过身

看见一颗古老的太阳
太阳的影子里
有我命运的形象
这时我放下了枪
在那死亡的最前方

当然从那一天以后
生命的交响
又将充满整个大森林
我会看见那颗子弹上
开满紫色的花
我会听见那枪筒里
大自然和人
对情话
而我,将听见命运的呼唤
走向——
永恒的群山
听见一位老人说在那里
沉睡着的是我的祖先

题纪念册

是的,
是我听见了她的最后
一句话语。

—— 题记

这是你的纪念册
你要我题上一个人的名字
当然是一个伟大的灵魂
(那么请让我说明一下
因为这个陌生的名字
对你很遥远
对我却不平常
因为我至死也不能忘记)
她曾经
是一个少女
就在她换裙①的那个黄昏
她悄悄地哭了
不知为什么
总之她是哭了

---

① 换裙:彝族少女到了一定年龄,就要举行换裙仪式,表明从那一天以后,少女到了成熟的年龄。

那年她十五岁

她嫁人了

是骑着一匹白马走的

山那边一个牧羊汉追来了

送了她一条头巾

听人说

她年轻时很风流

听人说

她年轻时很漂亮

更多的人说

她是一个最善良的姑娘

接着她当了母亲

生了一群孩子

可丈夫却是个醉鬼

那年她三十五岁

她常常爱大笑,那笑声很真挚

有一个女人难产

她去为她壮胆,可那女人还是死了

就在那一年冬天

她抱着一个拾来的孩子

在门前折断了右腿

那时她五十岁

后来她真的老了

常常在火塘边

为孩子们讲故事

有一年的夏天

那是一个长长的夏天
她正讲着讲着
就如梦地死去
只有那个睡在她怀里的孩子
才听清了最后的话语
这是一个星光灿烂的夜晚
那一天她刚好七十岁
她的名字：
吉克金斯嫫
她的最后一句话：

孩子，要热爱人

一支迁徙的部落
——梦见我的祖先

我看见他们从远方走来
穿过那沉沉的黑夜
那一张张黑色的面孔
浮现在遥远的草原
他们披着月光编织的披毡
托着刚刚睡去的黑暗
当一条深沉的
黑色的河
从这土地上流过
在那黑暗骚动的群山上
总有一双美丽的眼睛
——无畏地关闭
可祖先的图腾啊
照样要高高地举起
尽管又一个勇敢的酋长
在黎明时死去

（我看见一个孩子站在山岗上
双手拿着被剪断的脐带
充满了忧伤）

我看见他们从远方走来
那些脚印风化成古老的彝文
有一部古老的史诗
讲述着关于生和死的事情
可那些强悍的男人
可那些多情的女人
在不屈的头颅和野性的胸脯上
照样结满诱人的果实
当那些神秘的实物
掉落在大地上时
远方的处女林会发出
痛苦而又甜蜜的回音
于是这土地的子宫里
便有一棵黑色的树
在疯狂地生长
尽管有一对不幸的情人
吊死在这棵树上

（我看见一个孩子站在山岗上
双手拿着被剪断的脐带
充满了忧伤）

我看见他们从远方走来
头上是一颗古老的太阳
不知还有没有黄昏星
因为有一个老人在黄昏时火葬了

这时只有那荒原上

还有一群怀孕的女人

在为一个人的诞生而歌唱

当星星降落到

所有微笑的峭壁上

永恒的黄昏星还在那里闪耀

有一天当一支摇篮曲

真的变成了相思鸟

一个古老的民族啊

还会不会就这样

永远充满玫瑰色的幻想

尽管有一只鹰

在雷电过后

只留下滴血的翅膀

（我看见一个孩子站在山岗上

双手拿着被剪断的脐带

充满了忧伤）

星回节①的祝愿

我祝愿蜜蜂

我祝愿金竹,我祝愿大山

我祝愿活着的人们

避开不幸的灾难

长眠的祖先

到另一个世界平安

我祝愿这片土地

它是母亲的身躯

哪怕就是烂醉如泥

我也无法忘记

我祝愿凡是种下的玉米

都能生出美丽的珍珠

我祝愿每一头绵羊

都像约呷哈且②那样勇敢

我祝愿每一只公鸡

都像瓦补多几③那样雄健

我祝愿每一匹赛马

---

① 星回节:又称火把节,是彝族的传统节日。
② 彝族传说,约呷哈且是一头领头的绵羊。
③ 彝族传说,瓦补多几是一只雄健的公鸡。

都像达里阿左①那样驰名

我祝愿太阳永远不灭

火塘更加温暖

我祝愿森林中的獐子

我祝愿江河里的游鱼

神灵啊,我祝愿

因为你不会不知道

这是彝人最真实的情感

---

① 彝族传说,达里阿左是一匹驰名的赛马。

依玛尔博[1]

谁会忘记那个秋天
你缓缓地向着我移动
就像梦境中的一幅画面
身后是剪影般凝固的远山
(这么多年什么都忘记了
但我还记得那个秋天)
谁会忘记那个秋天
你跳荡着的褐色旋律
比黄昏的落日还要耀眼
谁会忘记那个秋天
你随风自由地旋转成
一千道太阳的光芒
牵动着山岩沉重的翅膀
谁会忘记那个秋天
你骚动的记忆
像燃烧的红缨
更像滴血的云彩
谁会忘记那个秋天
我仿佛又看见你在那远山出现
差一点使我哭出声来

---

[1] 依玛尔博:彝族民间一种顶端有红须的草帽。

谁会忘记那个秋天呢

除非有一天我已经死去

含 义

谁能解释图腾的含义？
其实它属于梦想
假如得到了它的保护
就是含着悲哀的泪水
我们也会欢乐地歌唱！

黄昏的怀想

如果黑夜
已经来临
我想说一声
再见，我的忧郁
坐在你的身边
裙裾在渐渐地离去
前额的怀想
开始飘移
你的嘴唇是另一种物质
渴望之情
隐没于无声
你的身躯混沌如初
潜藏着一团
远古的神秘

啊，就这样独处
我愿坐一个世纪
忘掉时间和岁月
回忆往日的情意

秋天的肖像

在秋天黄昏后的寂静里
他化成一块土地仰卧着
缓缓地伸开了四肢
太阳把最后那一吻
燃烧在古铜色的肌肤上
一群太阳鸟开始齐步
在他睫毛上自由地舞蹈
当风把那沉重的月亮摇响
耳环便挂在树梢的最高处
土地的每一个毛孔里
都落满了对天空的幻想
两个高山湖用多情的泪
注入双眼无名的潮湿

是麂子从这土地上走过
四只脚踏出了有韵的节奏
合上了那来自心脏的脉搏
头发是一片神迷的森林
鼻孔是幽深幽深的岩洞
野鸡在耳朵里反复唱歌
在上唇和下唇的距离之间
虎跳过了那个颤动的峡谷

有许多复杂的气味在躯体上消融

草莓很甜

獐肉很香

于是土地在深处梦着了

星星下面

那个带金黄色口弦的

云一样的衣裳

布拖①女郎

就是从她那古铜般的脸上
我第一次发现了那片土地的颜色
我第一次发现了太阳鹅黄色的眼泪
我第一次发现了那季风留下的齿痕
我第一次发现了幽谷永恒的沉默

就是从她那谜一样动人的眼里
我第一次听到了高原隐隐的雷声
我第一次听见了黄昏轻推着木门
我第一次听见了火塘甜蜜的叹息
我第一次听见了头巾下如水的吻

就是从她那安然平静的额前
我第一次看见了远方风暴的缠绵
我第一次看见了岩石盛开着花朵
我第一次看见了梦着情人的月光
我第一次看见了四月怀孕的河流

就是从她那倩影消失的地方
我第一次感到了悲哀和孤独

---

① 布拖:大凉山腹心地带一地名,那里居住的彝人属于阿都,又称小裤脚。

彝人之歌

但我永远不会忘记那一天
在大凉山一个多雨的早晨
一个孩子的初恋被带到了远方

往　事

我还记得,我还记得
那天在去比尔①的路上
有一个彝人张大着嘴
露出洁白的牙齿向我微笑

我还记得,我还记得
在那小路弯曲的尽头
我又遇到了这个微笑的人
他动情地问我去何处
并拿出怀里的一瓶烈酒
让我大喝一口暖暖身子

我还记得,我还记得
在那死寂冷漠的荒野里
他为我唱的一支歌
歌词的大意是
无论你走向何方
都有人在思念你

我还记得,我还记得

---

① 比尔:一地名,在诗人的故乡。

彝人之歌

他披着一件
黑色的披毡
他那摇晃的身体
就像我的爸爸喝醉了一样
那一对凹陷的眼窝里
充满了仁慈和善良

题　词
——献给我的汉族保姆

就是这个女人，这个年轻时
曾经无比美丽的村姑，这个
十六岁时就不幸被人奸淫了的女子
这个只身一人越过金沙江
又越过大渡河，到过大半个旧中国的女人
就是这个女人，受过许多磨难，而又从不
被人理解，在不该死去丈夫的年龄成了寡妇
就是这个女人，后来又结了婚
可那个男人要小她二十岁
最终她还是为这个男人吃尽了苦头
就是这个女人，历尽了人世沧桑和冷暖
但她却时时刻刻都梦想着一个世界
那里，充满着甜蜜和善良，充满着人性和友爱
就是这个女人，我在她的怀里度过了童年
我在她的身上和灵魂里，第一次感受到了
那超越了一切种族的、属于人类最崇高的情感
就是这个女人，是她把我带大成人
并使我相信，人活在世上都是兄弟
（尽管千百年来那些可怕的阴影
也曾深深地伤害过我）

那一天她死去了,脸上挂着迷人的微笑
岁月的回忆在她眼里变得无限遥远
而这一切都将成为永恒
诚然大地并没有因为失去这样一个平凡的
女人
感到过真正的战栗和悲哀
但在大凉山,一个没有音乐的黄昏
她的彝人孩子将会为她哭泣
整个世界都会听见这忧伤的声音

远 山

我想听见吉勒布特的高腔①,
妈妈,我什么时候才能回到你身旁;
我想到那个人的声浪里去,
让我沉重的四肢在甜蜜中摇晃。

我要横穿十字路口,我要越过密集的红灯,
我不会理睬,
那些警察的呼叫。
我要击碎那阻挡我的玻璃门窗,
我不会介意,
鲜血凝成的花朵将在我渴望的双手开放。
我要选择最近的道路,
我要用头碰击那钢筋水泥的高层建筑,
我要撞开那混杂的人流,
我不会害怕,
那冷漠而憎恶的目光降落在我湿淋淋的背后。

我要跳过无数的砖墙,
迅跑起来如同荒原的风。

---

① 吉勒布特的高腔:吉勒布特是大凉山彝族腹心地带一地名,这里的民歌高腔十分动人。

陈可之◎绘

我要爬上那最末一辆通往山里的汽车，
尽管我的一只脚，已经完全麻木，
它被挤压在锈迹斑斑的车门上。

最终我要轻轻地抚摸，
脚下那多情而沉默的土地。
我要赤裸着，好似一个婴儿，
就像在母亲的怀里一样。
我要看见我所有的梦想，
在瓦板屋顶寂静的黄昏时分，
全都伸出一双美丽的手掌，
然后从我的额头前，悄悄地赶走，
那些莫名的淡淡的忧伤。

彝人梦见的颜色
——关于一个民族最常使用的三种颜色的印象

（我梦见过那样一些颜色

我的眼里常含着深情的泪水）

我梦见过黑色

我梦见过黑色的披毡被人高高地扬起

黑色的祭品独自走向祖先的魂灵

黑色的英雄结上爬满了不落的星

但我不会不知道

这个甜蜜而又悲哀的民族

从什么时候起就自称为诺苏①

我梦见过红色

我梦见过红色的飘带在牛角上鸣响

红色的长裙在吹动一支缠绵的谣曲

红色的马鞍幻想着自由自在地飞翔

我梦见过红色

但我不会不知道

这个人类血液的颜色

从什么时候起就在祖先的血管里流淌

---

① 诺苏：彝语，黑色的民族，彝族的自称。

我梦见过黄色

我梦见过一千把黄色的伞在远山歌唱

黄色的衣边牵着了跳荡的太阳

黄色的口弦在闪动明亮的翅膀

我梦见过黄色

但我不会不知道

这个世上美丽和光明的颜色

从什么时候起就留在了古老的木质器皿上

(我梦见过那样一些颜色

我的眼里常含着深情的泪水)

白色的世界

我知道,我知道
死亡的梦想
只有一个色调
白色的牛羊
白色的房屋和白色的山岗
我知道,我真的知道
就是
迷幻中的苦荞
也像白雪一样

毕摩告诉我
你的祖先
都在那里幸福地流浪
在那个世界上
没有烦恼,没有忧愁
更没有阴谋和暗害
一条白色的道路
可以通向永恒的向往

啊,原谅我
在这悲哀的世纪,我承认过
幻想超过了现实的美妙

彝人之歌

可是今天我还是要说
人啊，应该善良
活着本身就不容易
我热爱生命和这片土地
并不是因为我惧怕死亡

夜

不知在什么地方
猎人早已不在人世
寡妇爬上木床
呼吸像一只冷静的猫

不知在什么地方
她的四肢在发霉
还有一股来自灵魂的气味
一双湿润的手
蒙住脸，只有在
梦里才敢去亲吻
那一半岁月的冰凉

不知在什么地方
有一个单身的男子
起来了又睡去
睡去了又起来

不知在什么地方
月亮刚刚升起
在那死寂的山野
整整一个晚上

彝人之歌

没有一只夜游的麂子
从这里走过

不知在什么地方
有一间瓦板房
它的门
被一个沉默的人
——敲响

看不见的波动

有一种东西,在我
出生之前
它就存在着
如同空气和阳光
有一种东西,在血液之中奔流
但是用一句话
的确很难说清楚
有一种东西,早就潜藏在
意识的最深处
回想起来却又模糊
有一种东西,虽然不属于现实
但我完全相信
鹰是我们的父亲
而祖先走过的路
肯定还是白色
有一种东西,恐怕已经成了永恒
时间稍微一长
就是望着终日相依的群山
自己的双眼也会潮湿
有一种东西,让我默认
万物都有灵魂,人死了
安息在土地和天空之间

彝人之歌

有一种东西,似乎永远不会消失
如果作为一个彝人
你还活在世上!

故乡的火葬地

不知是什么时候
我的眼睛被钉在
那黑色的天幕的板上
它用千年的沉默和爱恋
注视着这片人性的土地
(在一个遥远的地方
穿过那沉重的迷雾
我望见了你
我的眼睛里面流出了河流)

我听见远古的风
在这土地上最后消失
我听见一支古老的歌曲
从人的血液里流出后
在这土地上凝固成神奇的岩石
我看见那些早已死去的亲人
在这土地上无声地会聚
他们紧抱着彼此的影子
发出金属断裂的声音
我看见那些
早已死去的亲人的灵魂
在这土地上游来游去

彝人之歌

像一条自由的黑色的鲸
（在一个遥远的地方
穿过那沉重的迷雾
我望见了你
我的眼睛里面流出了河流）

当然总会有这么一天
我的灵魂也会飞向
这片星光下的土地
像一只疲惫的鸟
向着最后的陆地奔去
那时我这彝人的头颅
将和祖先们的头颅靠在一起
用那最古老的彝语
诉说对往昔的思念
那时我们将仰着头
用空洞的眼睛
望着那永恒而又迷乱的星空
用那无形的嘴倾诉
人的善良和人的友爱
如果这大地上
还会传来一点回声
只要那是人的声音
我们就立刻在这土地上
让灵魂甜蜜地长眠
（在一个遥远的地方

穿过那沉重的迷雾

我望见了你

我的眼睛里面流出了河流）

只因为

让我们把赤着的双脚
深深地插进这泥土
让我们全身的血液
又无声无息地流回到
那个给我们血液的地方
(只因为这土地
是我们自己的土地)

让我们放声地
来一次大笑
用眼里的泪水
湿透每一件黑色的衣裳
让我们尽情地
大哭它一场
哭得就像傻瓜一样
(只因为这土地
是我们自己的土地)

让我们看见
每一个男人
都用三色的木碗饮酒
要是喝醉了

绝不会再有一双
高傲而又陌生的脚
从你的头上跨过
让我们看见
任何一个女人
都用口弦和木叶说话
要是疲倦了
就躺在梦想的经纬线上
然后沉沉地睡去
（只因为这土地
是我们自己的土地）

太　阳

望着太阳,我便想

从它的光线里

去发现和惊醒我的祖先

望着太阳,大声说话

让它真正听见

并把这种神秘的语言

告诉那些灵魂

望着太阳,尽管我

常被人误解和中伤

可我还是相信

人更多的还是属于善良

望着太阳,是多么的美妙

季节在自己的皮肤上

漾起看不见的晚潮

望着太阳,总会去思念

因为在更早的时候

有人曾感受过它的温暖

但如今他们却不在这个世上

我渴望

我渴望
但我断定不会
去那城西的公园
因为在那里
我看见的天空
和在城里的任何一个地方
看见的天空都一样

（像一堵高高的墙）

我渴望
但我断定不会
去那城东的湖边
因为在那里
我看见的飞鸟
和在城里任何一个地方
看见的飞鸟都一样

（梦不见飞翔）

我渴望
但我断定不会

去那十字路口

看见人流旋转

看见高楼倾斜

于是我只好站在

那密集的人海之外

望着低矮的天空

听灵魂自由地歌唱

我看见一个燃烧着的梦想

我看见一棵向日葵

伸出的舌尖上有跳荡的火苗

我看见一个彝人的孩子

躺在山岗上

我看见一只小羊睡在他身旁

我看见他睁着一双黑色的眼

长久地望着一只鹰在盘旋

长久地望着一只鹰在翱翔

在他的头顶上

那无垠而又辽阔的天空

就像一片迷人而沉寂的海洋

那温柔而又多情的山风

正轻轻地撩动着他那绣花的衣裳

(难道这就是我童年的时光?

而这一切又是多么遥远

在那有着瓦板屋的地方)

我渴望

在一个没有月琴①的街头

在一个没有口弦的异乡

也能看见有一只鹰

飞翔在自由的天上

但我断定

我的使命

就是为一切善良的人们歌唱

（我歌唱

因为我渴望）

---

① 月琴：一种四根弦的琴，形状像月。

灵魂的住址

这是
一间瓦板屋
它的门虚开着
但是从来
没有看见
有人从那里进出

这是
一间瓦板屋
青草覆盖了
通往它的小路
可是关于它的秘密
谁也不能告诉

这是
一间瓦板屋
在远远的山中
淡忘了人世间的悲哀
充满了孤独

致布拖少女

你细长的脖子
能赛过阿呷查莫鸟①的
美丽颈项
你的眼睛是湖水倒映的星光
你的前额如同金子
浮悬着蜜蜂的记忆
你高高的银质领箍
是一块网织的悬岩
你神奇多姿的裙裾
在黄昏退潮的时候
为夜的来临尽情摆浪
你那光滑的肌肤
恰似初夏的风穿越撒满松针的幽谷
然后悄悄地掠过母羊的腹部

你的呼吸回旋如梦幻
万物在你的鼻息下
摇动一颗颗金色的晨露
你的笑声
起伏就像天上的云雀

---

① 阿呷查莫鸟：大凉山一种以脖颈长和美著称的鸟。

彝人之歌

可以断定
因为你的舞步
山脉的每一次碰撞
牛角的每一次冲动
都预示着秋天的成熟

无　题

我们或许早已知道
一个重复的故事
将从这里开始
我们或许并不明白
一切生的开头
就是死的结尾
当我们从命运的水湾启程
我们便注定再也摆不脱
那一种神秘的诱惑
哦,消失的早已消失
剩下的只有瞬间的自己
然而谁又能告诉我
在生命和时间之外
那个让我不安的人究竟是谁?!

彝 人

有人想从你的身后
去寻找那熟悉的背景
褐色的山,崎岖的路
有人想从你的身后
去寻找那种沉重的和谐
远处的羊群,低矮的云朵
然而我知道
在滚动的车轮声中
当你吮吸贫血的阳光
却陷入了
从未有过的迷惘

孩子的祈求

猎人孩子的梦想很简单,
猎人孩子的祈求很有限。
只求森林里常有月亮,
只求森林里常有星星。
只求有一支友谊的歌曲,
在远方长久地把我思念。
只求有母爱,
又有父爱。
要是有一天妹妹病了,
爸爸又不在。
只求妈妈
穿过森林,
天上是一片迷人的海。
只求跟着爸爸去打猎,
不在他的身后,
而在他的前面。
只要是真正的男人,
就应当这样——
无畏地
举起生命和死亡的宣言。

要是爸爸喝醉了,

——揍我的屁股。
——揍我的小脸。
然后歪歪斜斜地朝森林走去,
那猎枪将在远方撞响——
血红的
最后主题。
那时我只求:
爸爸永远地平安,
爸爸早日地回还。
(泪水淹没了我的视线)

猎人孩子的梦想很简单,
猎人孩子的祈求很有限。
只求有母爱,
又有父爱。
只求有那么一天,
要是我有了孩子,
我绝不揍那张——
充满了
希望的
小脸。

一个猎人孩子的自白

爸爸

我看见了那只野兔

还看见了那只母鹿

可是

我没有开枪

此刻我看见的森林

是雾在那里泛起最蓝的海洋

黄昏把子夜的故事

在树梢的最高处神秘地拉长

一条紫红色的小溪

正从蟋蟀的嘴里流出

预示着盛夏的阴凉

那块柔软的森林草地

是姐姐的手帕

是妹妹的衣裳

野兔从这里走过,眼里充满了

寂静的月亮,小星星准备

甜蜜地躲藏

于是最美的鸟在空气里织网

绿衣的青蛙进行最绿的歌唱

当那只皇后般的母鹿出现

它全身披着金黄的瀑布

上面升起无数颗水性的太阳
树因为它而闪光
摇动着和谐的舞蹈
满地的三叶草开始自由地飘扬
就在这时我把世界忘了
忘了我是一个猎人
没有向那只野兔和母鹿开枪

爸爸
要是你真的要我开枪
除非有一天
我遇见一只狼
那时我会瞄准它
击中桃形的心脏
可是今天
我不愿开枪
你会毁掉这篇
安徒生为我构思的
森林童话吗

爸爸
我——不——能——
开——枪

永恒的宣言

小时候,我要戴耳环。
那是戴耳环的年龄了。
阿达①为我穿耳,
他用一片树叶把我的
耳垂包着了。
在一种从未有过的恐惧中,
我听见阿达说:孩子
这针穿透的是树叶,可不是
你的耳。我望着
阿达的眼睛,只是点了点头。
当针从我的耳垂穿过,
我的血染红了树叶。我知道针
穿透了我的耳,还穿透了那层
薄薄的树叶。
但我没有哭。
因为从那时起,我就是一个
父亲般的男子汉了。

---

① 阿达:彝语"父亲"。

孩子和猎人的背

我愿意看你的背
它在蓝蓝的空气里移动
像一块海岛一样的陆地
这是我童年阅读的一本地理
你扛着猎枪
我也扛着猎枪
看着你的背。我只想跟着你
径直往前走
寻找那个目的
你的背上有许多森林外的算术题
有的近似谜语,我和你
只相隔一段距离
猎枪是我的笔
猎物是我的纸
句号和逗号是击中猎物的枪子
可别人说的背影
很像很像你的背影
这有什么奇怪
因为我是你的儿子
无论怎样,我只想跟着你
有时像虎,有时像狼,有时什么也不像

为了寻找那个目标,有一天傍晚
你终于倒在我身旁,整个躯体
像地震后的陆地

可别人说我的背影
很像很像你的背影
其实我只想跟着你
像森林忠实于土地
我憎恨
那来自黑夜的
后人对前人的叛逆

孩子与森林

—— 一个彝人母亲的歌谣

（你属于森林

有一天却离开了森林）

在平原的尽头

外婆那间小小房屋

成了你新的天地

青蛙和老虎的故事

是你最爱听的

在房后那群蛐蛐儿的叫声中

你又长了一岁

时间的乳齿

在你金色的耳环上消失

洁白的石灰墙上，涂满了你

绿色的思念，记忆的遥远

那是小鸟和猎狗的模样

那是小溪无声的歌唱

你在画这些画时

我知道：孩子啊我的孩子

照耀你的是森林树梢上

那轮圆圆的月亮

我知道：孩子，为了你的构思

你在梦中曾和小星星商量

要不你那双小小的小小的手
怎么会把这些童话
画得这样的这样的漂亮
孩子啊我的孩子
去年秋天的傍晚
你走得那么匆忙
为了平原去玩耍
和妈妈告别时,你竟忘了唱
森林里那支古老的民谣
那时妈妈真的生气了,在你和
外婆没有看见的地方
(因为这支歌
你平时最爱唱
它是妈妈对着月亮教你的)

孩子啊我的孩子
今天妈妈来看你
你却唱起了那支古老的民谣
(朋友,让我回去吧
我怀念我的故乡
我的妈妈呀
在那望不到边的森林里
我的模样很像她的模样)
于是你要跟着妈妈走
孩子啊我的孩子
爸爸还等在家乡森林的小路上

猎人的路
—— 一个老猎人的话

有一天我真的老了
岁月像一只小鸟
穿过森林的白雾
从我的额头上飘走
金子一样的小鸟
银子一样的小鸟
萦绕着,抚摸着
一个老态龙钟的我
它仿佛是一条无名的小河
它仿佛是一首无字的情歌
那时,我会悄悄对你说
在我苍老的眼里
不会有一个冬日黄昏的阴影
不会有一抹秋后夕阳的痴情
只是在我的双目中
会流出孩童般晶莹的泪
假如你用嘴去品尝
那里面只有初恋的甜味
于是我默默地默默地
让回忆和爱充满我的路
于是我再不会再不会

因为年轻和幼稚而迷途
我手中那支古老的猎枪
将扶着我的身躯和头颅
这时我要对着世界大声地宣布
如果死了还能再活一次
原谅我,我依然还会选择
做一个崇尚英雄和自由的彝人!

爱的渴望

黄伞下的少女,一双渴望的眼睛
一个蘑菇状的梦,把爱悄悄裹起
空气拥抱色彩,欲望在天边
温柔激荡着和谐
舞步的古朴,踩着大山的高音
流蜜的是口弦,把心放在唇边
呢喃的花裙,一个立体的海
光拖着一个醉迷的影子
驾着意念在追赶

用美装饰外形,那是自然的图案
让黑发缠着初恋
羞涩是最动人的纯洁
背上那诱人的气息
是褐色土地的赠予
大山像酣睡中的男人
路是他奇怪的腰带
那什么是缠绵的情语呢
她从蓝的天宇下走来
以视觉的符号表达需要
脸是丰富的音响效果
爱是目光失落的节奏

一个山乡孩子的歌

一

我是山里的孩子
在山里长大
我的梦是属于山的
属于那黄褐色的土地
我的爱给母亲
——那个剪羊毛的女人

二

我跑遍了大山的每一处
采撷过山里所有的花
我把花扎起来
给一个小女孩

三

城里的孩子
有木马和魔方
可没有
五彩石
山里的
都属于我

四

透过瓦板房的缝
真想和星星说话
但它太遥远了
可我的身边
还是有星星
那是母亲的
眼睛

五

在爱的时辰
拿着姐姐的口弦
在山里,寻找
迷人的野趣
她追来了
似一朵云
紧搂着我
像一个年轻的
母亲
这是少女春天里的
梦

六

父亲的身躯是
古铜色的

耳环就是

一轮圆月

黎明的时刻

他捕猎去了

背影就像

神话中的巨人

黄昏时才归来

变成了一个

远古斗牛士

七

我是一个山里的

孩子

这是我梦里

残缺的

难忘的歌

最后的传说

猎人离开人世的时候,
他会听见大山的呼唤。
　　　　　——引自猎人的话

死亡像一只狼
狼的皮毛是灰色的
它跑到我的木门前
对着我嗥叫
时间一定是不早了
只好对着熟睡的孙子
作一次快慰的微笑
然后我
走向呼唤我的大山
爬一座高高的乳房
当子夜时分叩响
潮湿的安魂曲
我在森林世界的
母腹里睡去
耳朵里灌满了泉水的声音
嘴唇上沾满了母亲的乳汁
天亮了
人们只听见森林里

有一个婴儿的歌声
猎人们都去把他寻找
可谁也没把他找到
于是这个神秘的故事
便成了一篇关于我的童话
猎人的孩子们
都会背诵它

思　念

我读你的信

读秋后森林里一片黄金般的树叶

九月是玫瑰色的

树叶张着嘴

吻着热恋的土地

当树叶被温柔的风托起

悄然离开了你

却向我飘去

那时请相信，亲爱的

在我拾到它后的那片刻

我才真正读懂了

你用猎枪和男子汉的勇气

写出的，森林里一首长诗的经历

我们在黎明时别离

一只太阳鸟，将从你

云一样的背后升起

那时我会一千遍地去看

它斑斓的羽翼

这上面新长出了

好些关于你和森林的故事

它还用甜甜的高音

在碧蓝碧蓝的天宇上
撒满了星星一样密的诗句
我知道，那是要我
读黄昏从遥远处走来
读炊烟在细雨中散开
读你的沉默和篝火旁的胸腔
它呼吸像大海

我读你的信
有时甚至会读到熊的脚印
在树叶和树叶之间，布满了许多
难以预测的
兽对人的攻击
这时我总要把这封信
装进少女丰满的怀里
只愿它离我的心脏更近
于是一个长长的长长的白昼
将在我的盼望中过去
当黑夜真的来临
我们便在那棵偷听情话的
菩提树下
悄悄相会

鹰爪杯

不知什么时候,那只鹰死了,彝人用它的脚爪,做起了酒杯。

——题记

把你放在唇边
我嗅到了鹰的血腥
我感到了鹰的呼吸
把你放在耳边
我听到了风的声响
我听到了云的歌唱
把你放在枕边
我梦见了自由的天空
我梦见了飞翔的翅膀

孩子·船·海

一

孩子站在岸边,望着湛蓝的海。
于是孩子的眼睛变蓝了,
他在心里盼望自己的蓝眼里,
升起一面白色的帆。
这时海是蓝的。
孩子的思念是蓝的。

二

夫妻船上那一对男女,
他们是孩子的父亲和母亲。
这是一对多么幸福和勤劳的夫妻啊。
他们用海的语言,
对着陆地上的孩子交谈。
他们思念孩子,为孩子升起了白色的帆。
但由于遥远和海的湛蓝,
白帆的身影在海里消失了。
孩子你可看见了白帆?
那是多么洁白的思念。

三

孩子爱海,那是因为白帆。
白帆下有着母爱和父爱,
还有着最崇高的呼唤。

四

孩子的眼睛是一片更加湛蓝的海,
这是夫妻船最后搁浅的地方。
为了孩子的眼睛,
在那无风的岸边,
夫妻船照旧升起了白色的帆。

五

当黄金的太阳举起爱的宣言,
夫妻船终于抵达了那迷人的海岸。
这时孩子正用他的小手,
在潮涨潮落的沙滩上,画下第一万只夫妻船。
只是那白帆,那洁白的思念,
已被他手指的鲜血尽染。

土地上的雕像
——致我出嫁的姐姐

太阳是我的眼睛
一尊黝黑色的身躯
迎着逆光,向我示意
那是一座山,那是男人的背
斜托着我蜷曲的姐姐
一个羊毛坠子转成的梦
在头帕下悄悄地失落
少女眼里的泪,男人肩头的汗
空气嘟着嘴把它吻干
离情来自土地的边缘
姐姐,你用蓝色描绘男人
那是因为从来没见过面
头帕是一张永远摇动的纸
恐惧的想象必然留下荒诞
在阳光这支金色的奏鸣曲中
我听见了大山野性的呼唤
草垛中那个熟睡的少女
她的影子还留在一起
一个馨香的记忆,把月亮
揣进了绣花的包里
就是突然来了风暴,在深夜

彝人之歌

姑娘的微笑照样圣洁
年轻的风,把爱在土地上书写
一根根长长的羊鞭,拴着了多少
来自黄昏的挑逗和诱惑
你把羊羔般的稚气,让
黄伞盖着,用口弦私语
在小溪边,你骄傲地站立
太阳为你作了一次黑色的洗礼
从此你的爱就属于这大山
属于这土地
只有你和那个憨厚的猎人知道
太阳和月亮的真正含义

此时枪声在森林中回响
可没有猎物匆忙地遁逃
猎人把失恋的烦恼和愤怒
发泄到空旷的地方
目光触电了,森林在荡漾
烈酒在他心里唱歌
森林中每一个平方的时空
都释放着喧嚣赤热的思想
当他在山峰上向她凝望
冲动让他最后举起了枪
但蓝天上那翻飞的鸟翅
终于撞开了他善良的心房
那颗子弹连同枪都沉落了

太阳在他眼里血一般灿烂
土地在他眼里火一般辉煌
爱在扑朔迷离的色彩中
穿上一件永恒的衣裳

骑着马鞍的是太阳
云雀弧线似的轻唱
男子充满了力的背
带走了一个不幸的姑娘
那三角形的绣花包里
装着一个破碎了的月亮
在远方,一切都还是想象
在这里,埋藏了少女的时光
但就在这褐色的土地上
一切都不会把你遗忘
就用这脚下的泥土
我要为你虔诚地塑像
为了一个少女蓝色的梦
为了一个猎人失落的枪

英雄结①和猎人

头颅上圆圆的建筑

布裹成了尖端

盘山的路在这里结尾

绕山的河在这里流完

对着天空湛蓝的海洋

伸着一根长长的鱼竿

鱼竿在蓝蓝的空气里

牵动着白云和白云一样的炊烟

在黎明的微光中

那是一张有着高鼻梁的剪纸

他哼出的每一口气和雾

都在森林中悄悄地跑了

只有到黄昏才能看见

他和猎狗褐色的影子

这样走着，真是太神气了

嘴里还衔着又酸又涩的野果

目光是又长又短的钓线

颜色是金黄金黄的

全怪篝火和麂子肉的熏染

---

① 英雄结：是彝族男子的一种头饰，用布裹成。

它在眼前寻觅熊的脚印
钓竿晃悠悠地在呼喊
使得小松鼠蹦跳得遥远遥远
然后他在斜坡上歇息
让大黑狗在身旁坐着伸长舌头
舔着黄昏滴下的米酒
而钓竿照样直直地伸着

森林，猎人的蜜蜡珠①

风像一群顽皮的姑娘

折四季的山野剪纸

把你双耳的形状

剪在森林蓝色记忆的海上

从此白桦林一个劲地长

从此青枫林一个劲地长

从此你神奇的双耳

便成了两只张开翅膀的小鸟

猎人，你的耳朵能长翅膀

你的耳朵是孕育的树

在森林的北方一个劲地长

在森林的南方一个劲地长

长给你的父亲看

长给你的母亲看

那个扬扬自得的太阳

那个羞羞答答的月亮

于是你的耳中那很薄很薄的耳膜

便穿上了雾的衣裳

于是你耳中阡阡陌陌的毛细血管

便成了数不清的溪流

---

① 蜜蜡珠：用蜜蜡做成的珠子，彝族人常用的饰物。

应着饮水的野鸡歌唱

你听到秋天在树叶上散步
那儿集合星星一样的船队
船长在摆动三叶草起锚
那儿飘满了蜻蜓的乐曲
雪白的蝴蝶披着彩虹的晨曦
那儿昆虫在甜言蜜语

你听到松鼠在隐藏诗句
那是太阳鸟写给黎明的序
可蚂蚁却在偷听别人的秘密
你听见獐子背着七月的森林
躯体上发出金属的声音
岩羊在那个潮湿的地方
制造一次无名的美丽
你听见了森林中一切的一切
都在那里展示赤裸的活力
都在那里预言爱情的风暴

猎人,猎人,我们的猎人
森林是蓝色的蜜蜡珠
被你戴在男性的耳垂上
让宇宙女神浴着银河欣赏
照耀你的是永恒的太阳

黄 昏

——一个民族皮肤的印象

在凉山这块土地上
让我们这些男人骑上烈马
让我们尽情地跳跃
当我们的黑发
化成美丽的阳光
当我们的黑发
被风聚集成迷乱的骚动的金黄的色彩
这时我们那燃烧着的梦想
这时我们那喧哗着的梦想
就会在那自由的天空里飞翔
在那有着瓦板屋的地方
当我们赤裸着结实的身躯
站在那高高的山顶
轻挥着古铜色的臂膀
黄昏就浮现在我们的背上

在凉山这块土地上
让我们的女人发出真笑
让她们歌唱舞蹈
当她们的前胸
在太阳下膨胀

当她们的孩子睡在绿荫下
吮吸着大地的清凉
这时她们那温柔的梦想
这时她们那多情的梦想
就会在那友爱的天空里飞翔
在那有着瓦板屋的地方

当她们袒露出丰满的乳房
深情地垂下古铜色的额头
去给自己的孩子喂奶
黄昏就像睡着了一样

泸沽湖①

有人说泸沽湖是山姑娘,狮子山是她的母亲。
奇怪的是这位母亲,永远不让自己的女儿出嫁。

——题记

蓝色的裙裾在朦胧的雾中失落了。
哦,山姑娘你在哪里?
去问狮子吧。她是山姑娘永恒的母亲。
一个固执得像石头一样的女人。
一个由于冷酷过早衰老的寡妇。

好多年了,她把山姑娘紧紧地搂在怀中,
连风也不知道这是长眠着的一个人。
一个不是少女的处女。
一个贞洁得不该贞洁的女人。
风。那充满野性的风。
这是男子痴情的语言,他曾在岸边徘徊。
但这一切早已过去了,像一个遥远的梦。
心。无数男人的心,都沉入了一片死寂的海。
变态的母亲,一个无辜少女的坟墓。
山姑娘真可怜,她还沉睡着,睡得是那样安然。

---

① 泸沽湖:诗人故乡的一个湖泊。

她裸露着全身,在自己的梦中,
在那绸缎般起伏的床上哭泣。难道她只会这样?
千万年了,母亲成了石头,少女的心化成了水。
男人呢?
失恋的打鱼人。

朵洛荷舞①

是因为荒野太宽了
她们才牵着彼此的手
踩着神经一样敏感的舞步
要不然,那土地上的
软绵绵的,紫云英的梦
就会踩破,就会踩破
留给黄昏几瓣孤寂的花朵

流吧,淌出的是一条旋转的河
唱吧,哼出的是一支古老的歌

于是黑夜来临之前
便有着高傲的心,便有着痴情的眼
还有了疲倦的口弦
可她们的舞步照样走着,照样呢喃
对着土地,对着黎明,对着遥远
一脚踩着一个打湿了的,淡绿色的梦幻
一脚踩着一个温柔的,溢满了蜜的呼唤
这一声,那么缠绵,那么缠绵

---

① 朵洛荷舞:一种彝族民间舞蹈,姑娘们牵手为圆圈,踱步而走,边舞边唱,情绪轻柔、优美。

龙之图腾

> 在那群象般的大山里彝人有龙之图腾。
>
> ——题记

我不知道,在远古
云和雾是否在东方
北方的黎明远远
南方的黄昏远远
但我却知道
确有洪水潮天的故事
确有那些走向四方的民族
于是东方的背上
才盛开着
这样美丽的花朵

我不知道,在远古
风和雨是否在东方
长江的上游遥遥
黄河的下游遥遥
但我却知道
确有神秘的平原
确有神秘的高山
于是一个神秘的彩瓶

彝人之歌

便绘有人首蜥蜴身
女娲的传说很真

我不知道,在远古
雷和电是否在东方
龙的土地黄黄
龙的皮肤黄黄
但我却知道
确有咸咸的男人
确有甜甜的女人
从此那些爱跳舞的部落
就有着关于祖先的歌
听华夏之风吹过

我不知道,在远古
霜和雪是否在东方
老天的胡须苍苍
老天的眼睛泱泱
但我却知道
确有一群彝人的祖先
确有一个古老的民族
于是英雄的支呷阿鲁
便在龙年龙月龙日龙时诞生
留下龙之图腾

我不知道,在远古

星和月是否在东方
家谱的记载长长
家谱的名字长长
但我却知道
确有我的先人在北方
确有我的祖籍在南方
从此无论我走向何方
我都自豪
我是一个中国人

人啊，需要坚强

要是你真的迷路了
在那茫茫的森林里
那里你的子弹也打完了
腿还受到了严重的损伤
你的四周是雨中的夜
身后早跟着饥饿的狼
你只能凭着记忆爬向目标
鲜血染红了你的衣裳

朋友，在这个艰难的时候
你不要感到过分的忧伤
爬吧，朝着那感觉的方向
时时刻刻都不要绝望
要是你真的就这样倒下
那狼将吞下你的肝肠
往往在这个关键的时刻
我的朋友啊你更要坚强
爬吧，向着那最后的目标
就用自己的心把路途照亮
可能就是最后一段路途
会叫你的身心痛苦难当
但你无论如何要爬过去

我的朋友，前面就是希望
那时你会看见炊烟
在黎明的怀抱里飘荡
那里你会看见孩子
跑过刚刚醒来的村庄
那时你会看见妻子
露出圣洁的脸庞

要是你真的迷路了
在那茫茫的森林里
你不要感到过分的忧伤
爬吧，朝着那感觉的方向
时时刻刻都不要绝望
往往在这个关键的时候
我的朋友啊你更要坚强

唱给母亲的歌

　　凉山上有不少高山湖,过去多有一对对大雁栖息。每年雁行经过时,大雁都要把子雁送入雁行。子雁不想离开,大雁便用翅膀拍打子雁,逼其加入雁行,飞去飞回往返多次才能送走。这一天,附近的群众都要赶来观看,妇女无不流泪。

——题记

只因为北方没有了雪
只因为一次
最遥远的旅行
从这里开始
当子雁的叫声传来
啊,母亲
我真的不敢
大声地出气
我真的不敢啊
睁开眼睛

就这样过了很久很久
我才悄悄朝远方望去
天上再没有子雁的影子
地上再没有子雁的声音
啊,母亲

这时你哭了
紧搂着我
不停地抽泣

只因为他乡也有星星
只因为女人
到了出嫁的年龄
就要远去
不知是什么时候
当我骑着披红的马走向远山
我回过头来看见
夕阳早已剪断了
通往故乡的小路
啊,母亲
这时我看见你
独自站在那高高的山岗上
用你多皱的双手
捧着苍老的脸
——哭泣
啊,母亲
只有在今天
我才真正懂得了
为了那子雁的离去
你为什么
曾经那样伤心
啊,母亲
我最亲爱的母亲

致印第安人

> 玛雅文化被称为美洲印第安文化的摇篮,它最突出的、著称于世界的辉煌文化,就是它的"十八月太阳历"。它和彝族的"十月太阳历"堪称世界文化史上东西两半球交相辉映的双璧。
>
> ——题记

今夜,原野很静

风在山岗上睡去

南方十字星座

流出许多秘密

只有人的血液里

哼着一支古老的歌曲

这时我想起你

南美的印第安人

我想起有一颗永恒的太阳

幻化成母亲的手掌

在一年十八个月里

抚摸孩子古铜色的脸庞

我想起草原上自由的部落

男人剽悍得像鹰

女人温柔得像水

于是老人树在美洲

把星星般的传说升起

古老的民族

太阳的儿子

美洲因为你

才显得如此地神奇

我想起土地上那些河流

都是那么悠久

灿烂的玛雅文化

一条人类文明的先河

它从远古的洪荒流来

到如今气势照样磅礴

不绝的民族

传统的儿子

人类因为你

才看到了自己的过去

童年的自己

今夜，原野很静

风在山岗上睡去

只有人的血液里

哼着一支古老的歌曲

这时我想起印第安人

想起了我亲爱的兄弟

就在这寂静充满世界的时候

我听见自己的灵魂里

说出了缠绵的话语

因为在东方

彝人之歌

因为在中国

那里有一个古老的民族

他们有着像你那样辉煌的过去

有一颗永恒的太阳

照样幻化成母亲的手掌

抚摸他们的孩子

抚摸那古铜色的脸庞

因为在东方

因为在中国

那里有一个彝族青年

他从来没有见到过印第安人

但他却深深地爱着你们

那爱很深沉

盼
——给 q·y

如果在这里哭
那眼泪就一定
是远方的细雨
如果在这里笑
那笑声就一定
是远方的阳光
一个世上最为冷酷的谜
一个人间最为善良的梦
无论你微笑
还是哭泣
都会有一个人默默地爱着你

秋的寻觅

到处是秋天的消息
这秋天是那样的神秘
云雀在晒坝上飞着
逗乐了农妇的孩子
他们伸出小小的手指
仿佛在比画秋天的名字
啊,熟悉而又陌生的秋天
你在哪里你在哪里你在哪里
为什么孩子们看不见你

这时晒坝上有一群打豆的农妇
这时晒坝上有一条笑声的河流
秋风从这里吹过
扬起她们的花裙
送来一个清凉的温柔
秋天是色彩的组合
它幻化成一只小鸟
在田野里欢乐地唱歌
蛐蛐儿们也为它伴奏
连红翅膀的蜻蜓也飞来了
啊,熟悉而陌生的秋天
你在哪里你在哪里你在哪里

为什么孩子们看不见你

秋天就在农妇的手臂下

秋天就在不透风的豆壳里

它正做着一个金黄的梦

头枕着一块熟透的土地

当农妇的挥打暴雨般落下

满坝全是尽情滚动的豆粒

秋天像一个脱了衣服的孩子

把激越奔放的锅庄舞①跳起

于是农妇们的孩子安然睡去

一双双黑黑的眼睛也坠入了

深秋金黄色的梦境里

此时成熟的秋天无处不在

当农妇抱着各自的孩子喂奶

秋天便躲到母亲们的乳房中去了

让山里的孩子甜蜜地吮吸

啊,熟悉而陌生的秋天

你在哪里你在哪里你在哪里

为什么孩子们看不见你

---

① 锅庄舞:主要流行于西南少数民族的一种无伴奏集体舞。

史诗和人

我仿佛感到山在遥远处隐去
我仿佛感到海在我身边安息
我仿佛感到土地在无止境地延伸
我仿佛感到天空布满了蓝黑色的旋律
我仿佛感到爱像黄昏的小雨
我仿佛感到在一支民族迁徙的路上
那些牛的脚印
那些羊的脚印
那些男人的脚印
那些女人的脚印
都变成了永恒

我好像看见祖先的天菩萨被星星点燃
我好像看见祖先的肌肉是群山的造型
我好像看见祖先的躯体上长出了荞子
我好像看见金黄的太阳变成了一盏灯
我好像看见土地上有一部古老的日记
我好像看见山野里站立着一群沉思者
最后我看见一扇门上有四个字
《勒俄特依》①

---

① 《勒俄特依》：一部流传在凉山地区的彝族史诗。

于是我敲开了这扇沉重的门
这时我看见远古洪荒的地平线上
飞来一只鹰
这时我看见未来文明的黄金树下
站着一个人

失落的火镰[1]

彝族姑娘绣花衣,在火把节的时辰,火镰被绣在了背上。

——题记

我的火镰失落了

疏忽在

一个秋日里的黄昏后

黄昏是一个使女

那么缥缈

那么遥远

一个诡秘的笑

一个象征的吻

偷走了火镰,于是

失意冷落的是火石

留下孤寂的是火草

从此,在世界的每一处

我用痴情的眼睛

开始寻找

尽管头颅上高举着火把

缺少了火镰,就失去燃烧

当风在披毡的挑逗下

---

[1] 火镰:取火用具,用钢制成,形状像镰刀,打在火石上,发出火星,点燃火绒。

掀起山野火的海湖
爱情在那里沉醉了
有那么一瞬间
我终于看到了火镰
在姑娘的背上，太阳一样辉煌
你呀你，黄昏的使女
为了爱，穿了一件多美的衣裳

沙洛河①

躺在这块土地上
我悄悄地睡去
(你这温柔的
属于我的故土
最动人的谣曲啊
我是在你的梦里睡着的)
躺在这块土地上
我甜甜地醒来
(你这自由的
属于我的民族
最崇高的血液啊
我是在你的轻唤中醒来的)

---

① 沙洛河:诗人故乡的一条河流。

达基沙洛①故乡

我承认一切痛苦来自那里

我承认一切悲哀来自那里

我承认不幸的传说也显得神秘

我承认所有的夜晚都充满了忧郁

我承认血腥的械斗就发生在那里

我承认我十二岁的叔叔曾被亲人送去抵命

我承认单调的日子

我承认那些过去的岁月留下的阴影

我承认夏夜的星空在瓦板屋顶是格外的迷人

我承认诞生

我承认死亡

我承认光着身子的孩子爬满了土墙

我承认那些平常的生活

我承认母亲的笑意里也含着惆怅

啊,我承认这就是生我养我的故土

纵然有一天我到了富丽堂皇的石姆姆哈②

我也要哭喊着回到她的怀中

---

① 达基沙洛:地名,诗人的故乡。

② 石姆姆哈:一个在地之上天之下的地方。彝族人认为死者的灵魂,最后都要去那里,去过一种悠然自得的生活。

如 果

如果你曾经
美丽无比
那就让这一切
成为我的回忆
如果离别后
你真的有那么多不幸
那就请到我的灵魂里
寻找一个
安静的角落
如果因为过去
你就伤心地哭泣
无论你怎样
捶打我的肩
我都不会介意
如果有一天
你动人的眼睛
已经由于年老而干枯
你就让我望着你
在冬天故乡的小河边
经过长时间的沉默后
说一声：记住吧，我还
像昔日那样爱着你

等　待
—— 一个彝女的呓语

从火塘边到石磨旁，
白天对于我们来说，很快
就要消失掉。然后
是爬上木梯，然后
是蜷曲着身体睡觉。
每天是这样，
每月是这样。
就是半夜醒来，看见
月亮和星星也迷惘。

即使我们到山下的
街上去，买回一个圆镜，
它也照不见远处的风景。
最好是坐在木门前，
拿一根针穿透梦，有时
也会把手刺伤，但是
这决不会打扰忧郁的歌唱。

数不清这是多少个日子，
天亮时总要听见公鸡叫，
只要一看见那红黄黑的衣裳，

彝人之歌

谁都要说:绣得真漂亮!
啊,明日就是火把节了,
在温暖的草堆里,影子听见
我疲惫的骨节开始发响

猎　枪

爸爸常说起爷爷的猎枪,
但在我童年梦中从来没有出现过爷爷的模样;
我生下地时爷爷早死了,
留下的就只有那支古老的猎枪,
我知道爷爷是一只豹子害死的……

白日里,我看见爸爸整天默默无语,

一次,两次,上百次,成千次向森林中走去
终于有一天枪响了,在森林中回荡回荡,

我们恐惧地走进了森林,来到枪响的地方;
爸爸躺在一边,豹子躺在一旁,
豹子的血和爸爸的血流在一起,
紫红色的……

关于爱情

爱情是你孤独时
坐在木门前
永远陪伴你的絮语
爱情是你失意后
那一丝理解的微笑
它不是来自表面
而是来自内心
爱情是在惶惑的生活中
梦想被遗失的夜晚
那忠贞的泪水与慰藉
爱情是一种平常的等待
它会突然从树林中走来
送你一把昔日的口弦
爱情是把你所有的不幸和苦恼
带回家去
在那里找到
一个知心的朋友倾诉
然后闭上自己的眼睛
像一个天真的小孩

告别大凉山

一

当邛海①的呼吸在夜色里静息
锅庄石②在遥远的地方开始沉思
这时整个天空闪烁着迷人的星光
这时整个芬芳的土地在绿色的风中
飘浮着
当我的遐想消失了
当我的思念变成霜
大凉山,我走了,我悄悄地走了
(这时我才感到大凉山
你的爱是那么内在
就像我沉默寡言的母亲)

二

我灵魂的伴侣
我最忠实的黑眼睛的情人
此刻你正解下紫色的头巾
让它幻化出房里一片温柔的海

---

① 邛海:地名。在诗人的故乡。
② 锅庄石:彝族家中的火塘立有三块雕琢的石头,用于支架铁锅。同时也是一种装饰。

那海上停泊着你我的船
为了我的匆匆离去
不要再拉开那沉重的木门吧
我的祝福和最后的微笑
那多情的风会告诉你
当爱用心同你握别
我倚着一棵相思树
大凉山,我走了,我悄悄地走了
(这时我才知道大凉山
你这母性的土地
永远是我爱之船停泊的港口)

三

我的朋友假如有一天你孤寂了
请走到那棵密密的相思树下
这时你一定会听见
风和树叶对灵魂的诉说
那时你梦中的星星啊
会无数次地在我眼前闪耀
而我将虔诚地期盼你的目光
幻想高原那古老的太阳
当我的深情伴着风儿歌唱
当我的爱恋随着溪水流淌
大凉山,我走了,我悄悄地走了
(这时我才发现大凉山
我那梦中的相思鸟
已永远迷失在你的树上)

生　活

我看见那些
穿小裤脚的彝人在斗鸡
笑声张开了双臂
迎着太阳熠熠闪光
黑色的花蕾从披毡上滚落
在如梦的草坪上
两条红色的火焰在厮咬

我听见地球那边
在墨西哥
麦斯蒂索人也在斗鸡
我听见那些
艳丽的女人
在戏台前唱歌
目光就像飘动的云
就这样
悄悄地
有两行泪水跳出了眼眶
打湿了我的衣裳

被出卖的猎狗

失去了往日的自由
绳索套在它的颈上
它被狗贩子
送到了市场
由于痛苦和悲哀
它把头深深地埋下
无论人们怎样嘲笑
它都一声不吭

不知道自己的命运
将和这市场中
所有的狗一样
最后都逃脱不掉屠宰

此时它多么想来一声
狂野而尽情的吼叫
但是凭着它的敏感和直觉
它完全知道
在这个喧嚣的地方
除了食客、贩子和屠手的恶
没有一个人会给它一丝善良

列车在凉山的土地上

轻轻地摇晃
轻轻地摇晃
列车在凉山的土地上
梦想的旋转
插上了翅膀
黑色的山岩消失在远方
而这一切
又是多么甜蜜
就像婴儿的摇篮一样

轻轻地摇晃
轻轻地摇晃
列车在凉山的土地上
一个彝人弹动月琴
从车厢前到车厢后
他在懒洋洋地歌唱
忘记了不开花的目光
那些奇特的面孔

不知道他是不是想
寻找一个安身的地方
而这一切

又是多么的微不足道
啊,那支歌里有酒
还有古里拉达①的麝香

轻轻地摇晃
轻轻地摇晃
列车在凉山的土地上
就是响亮的土语
听起来也忧郁绵长
啊,那一声被压低的尾音
几乎让我热泪长淌
而这一切
又是多么令人惆怅
只是这一个夜晚
我和他都会梦见
木勺和温暖的火塘

---

① 古里拉达:大凉山一地名。

老人与布谷鸟

沉默的岩石
坐在那里
望着多雾的山谷
悠悠的目光
被切割成碎片

裹着
黑色的披毡
身后一片寂静
偶然也会有
一朵
流浪的云
靠近
头顶

岁月的回忆
或许
还能从心底浮起
他会第一个听见
布谷鸟的叫声
在山那边歌唱婉转
可是谁也不会注意

彝人之歌

就在那短暂的片刻
他的鼻翼翕动了几下
然后又用苍老的手背
悄悄地抹了抹
眼窝中滚出的泪滴

火　神

自由在火光中舞蹈。信仰在火光中跳跃
死亡埋伏着黑暗，深渊睡在身边
透过洪荒的底片，火是猎手的衣裳
抛弃寒冷那个素雅的女性，每一句
咒语，都像光那样自豪，罪恶在开花
战栗的是土地，高举着变了形的太阳
把警告和死亡，送到苦难生灵的梦魂里
让恐慌飞跑，要万物在静谧中吉祥
猛兽和凶神，在炽热的空间里消亡
用桃形的心打开白昼，黎明就要难产
一切开始。不是鸡叫那一声，是我睁眼那一霎

老歌手

唱完一支少女时的歌

你害羞了,脸上泛起红晕

就是那双苍老的眼

骤然间仿佛也跳出了两颗迷人的星

沿着你满脸皱纹的沟壑

你蹒跚着走进了自己的记忆

啊,这是一块被风雨耕耘过的土地

在那褐色土地的边缘

你珍藏着一个女人最宝贵的东西——

它是你白天的太阳

它是你晚上的月亮

在你的瞳孔里升起一道彩虹

但这是湖边虚幻的彩虹

那时白天和黑夜的梦都属于你

那时男人们都在梦中离开了你

黎明时,他们走了

带走的是你的容貌,留下的是你的心

为了把他们等待

你至今还唱着那时的歌

老人谣

沿着这条峡谷,径直
往前走,可以看见一片
树林。如果你真的
寂寞了,那就面向落日
悄悄唱一支歌。虽然
这样还是伤感。你要
像昔日那样,涉过一条
齐腰的河,它的名字
无关紧要,只是河水
在大山里还是那样刺骨
再往前走,有三条小道
你用不着在此犹豫
选择向右的方向,这对于
你来说并不难,因为
童年的记忆总会把人唤醒
假使你已经走过了
那道山脊,又很快临近
一片荞地。啊,谢天谢地
这时你的双眼完全可以
清楚地看见,前面
就是家了。短暂的沉默
你会轻轻推开木门,不敢

彝人之歌

大声出气。房里
再没有一个人，你的
心里也明白，但是不要
太难过，尽管你的亲人们
都已离开人世
这里只剩下一片荒芜

色　素

你可以用风吹走我的草帽
你可以用雨湿透我的草帽
你可以用雷击碎我的草帽
你甚至可以
用无耻的欺骗
盗走我的草帽

妈妈对我说：孩子
在那群象般大的大山上
有一顶永远属于你的草帽
于是我向大山走去
在那里我看见了太阳
它撒开了金色的网

你可以用牙咬开我的衣裳
你可以用手撕烂我的衣裳
你可以用刀割破我的衣裳
你甚至可以
用卑鄙的行为
毁灭我的衣裳
妈妈对我说：孩子
在你健壮的躯体上

彝人之歌

有一件永远属于你的衣裳
于是我抚摸我的皮肤——
我最美的衣裳
它掀起了古铜色的浪

不 是

不是我的披毡不美
不是我的头帕不美
不是我的风采有何改变
如果你要问我为什么这样悲哀
那是因为我的背景遭到了破坏

周春芽◎绘

假 如

假如我们曾伤害过自己的同类
当听见骏马为夭亡的骑手悲鸣
当看见猎狗为遇难的主人流泪
当我们被这样一种爱震撼
忘记了自己和动物的区别
人啊,站在它们的面前
我们是多么的自卑!

隐没的头

把我的头伏在牛皮的下面
遗忘白昼的变异
在土墙的背后,蒙着头
远处的喧嚣渐渐弱下去
拉紧祭师的手,泪水涔涔
温柔的呢喃,绵延不绝
好像仁慈怜悯的电流
一次次抚摸我疲惫不堪的全身

把我的头伏在牛皮的下面
四周最好是一片黑暗
这是多么美妙的选择
为了躲避人类施加的伤害

黄色始终是美丽的

我无法用语言向你表达

一种无边的温暖

一片着色的睡眠

我无法一时向你讲明白

为什么会令人感动

以及长时间的沉默

哦,陌生的声音

教化的语言

原谅我,我只能这样对你说:

在这漫长的瞬间

你不可能改变我!

有人问……

有人问在非洲的原野上
是谁在控制羚羊的数量
同样他们也问
斑马和野牛虽然繁殖太快
为什么没有成为另一种灾难
据说这是狮子和食肉动物们的捕杀
它们维系了这个王国的平衡
难怪有诗人问这个世界将被谁毁灭
是水的可能性更大,还是因为火?
其实这个问题今天已变得很清楚
毁灭这个世界的既不可能是水,也不可能是火
因为人已经成了一切罪恶的来源!

爱

这是一条陌生的大街
在暗淡的路灯下
那个彝人汉子弯下腰
把嘴里嚼烂的食物
用舌尖放入婴孩的嘴中

这是一条冷漠的大街
在多雾的路灯下
那个彝人汉子弯下腰
把一支低沉而动人的歌
送进了死亡甜蜜的梦里
我想对你说
我想对你说
故乡达基沙洛
你是那么遥远,你是那么迷茫
你在白云的中间
你在太阳的身旁

我想对你说

故乡达基沙洛
如果我死了
千万不要把我送进城外焚尸炉
我怕有一个回忆
没有消失
找不到呼吸的窗口

我想对你说
故乡达基沙洛
那忧伤的旋律
会流成一条河
远方的亲人们
要将我的躯体
从这个陌生的地方抬走

我想对你说
故乡达基沙洛
既然是从山里来的
就应该回到山里去
世界是这样的广阔
但只有在你的仁慈的怀里
我的灵魂才能长眠

彝人之歌

宁　静

妈妈,我的妈妈
我曾去询问高明的毕摩
我曾去询问年长的苏尼①
在什么地方才能得到宁静?
在什么时候才能最后安宁?
但他们都没有告诉我
只是拼命地摇着手中的法铃
只是疯狂地拍打手中的皮鼓
啊,我真想睡,我真想睡

妈妈,我的妈妈
我追寻过湖泊的宁静
我追寻过天空的宁静
我追寻过神秘的宁静
我追寻过幻想的宁静
后来我才真正知道
在这个世界上
的确没有一个宁静的地方
啊,我太疲惫,我太疲惫

---

① 苏尼:彝族中的巫师。

妈妈,我的妈妈
快伸出你温暖的手臂
在黑夜来临之际
让我把过去的梦想全都忘记
只因为在这个冷暖的人世
为了深沉的爱
你的孩子写出了忧伤的诗句
啊,我已经很累,我已经很累

山 羊

——献给翁贝尔托·萨巴①

先生,我要寻找一只山羊

一只孤独无望的

名字叫萨巴的山羊

先生,它没有什么标志

它有的只是一张

充满了悲戚的脸庞

那是因为它在怀念故土、山冈

还有那牧人淳朴的歌谣

先生,我要寻找一只山羊

它曾在意大利的土地上流浪

它的灵魂里有看不见的创伤

---

① 翁贝尔托·萨巴(1883—1957):意大利著名诗人,其诗作《山羊》广为流传。

陌生人

你的目光中充满了一种
不易察觉的祈求
你是谁?
穿着一件黑色的衣裳
在纳沃纳广场①
走过我的身旁

那匆匆的一瞥
多么平常
它不会在我们的心灵中
掀起波浪

又仿佛是一次
不成功的曝光
在我的记忆中
再也找不到你的形象

你是谁?要到哪里去?
这对于我来说并不重要
我想到的只是

---

① 纳沃纳广场:意大利的著名广场。

彝人之歌

人在这个世界的痛苦
并没有什么两样

致萨瓦多尔·夸西莫多[①]的敌人

你们仇恨这个人

仅仅因为他

对生活和未来没有失去过信心

在最黑暗的年代,歌唱过自由

仅仅因为他

写下了一些用眼泪灼热的诗

而他又把这些诗

献给了他的祖国和人民

你们仇恨这个人

不用我猜想,你们也会说出

一长串的理由

然而在法西斯横行的岁月

你们却无动于衷

---

① 萨瓦多尔·夸西莫多(1901—1968):意大利杰出诗人,1959年获诺贝尔文学奖。

信

我所渴望的
也曾被你们所渴望
我仅仅是一个符号
对于浩瀚的星空来说
还不如一丝转瞬即逝的光

我只是在偶然中
寻找着偶然
就像一条幻想的河
我们把欢笑和眼泪
撒满
虚无的沙滩

我原以为地球很大
其实那是我的错觉
时间的海洋啊
你能否告诉我
如今死者的影子在何处?

秋　日

想你在威尼斯

在你没有来临

而又无法来临的时候

想你在另一国度

那里阳光淌进每一扇窗口

说不出来的惆怅

就像那入海口,轻轻低吟的海潮

想你在一个陌生的地方

我的梦想蹋蹋独行

穿过了怀念交织的小巷

想你在威尼斯

在那静谧而浓郁的秋日

我似乎害了一场小小的热病

吉卜赛人

昨天
你在原野上
自由地歌唱

你的马
欢快地，跑来跑去
一双灵性的眼睛
充满了善良

今天
你站在
城市的中央
孤独无望

你的马
迈着疲惫的四蹄
文明的阴影
已将它
彻底地笼罩

基督和将军

你能捆住
他的
另一双手吗?
他既有形
而又无形
他既是一个
又是成千上万个

你能阻挡
他的灵魂
更加自由地
飞翔吗?
他好像是阳光
又好像是空气
他比梦想和传说
还要神奇
不过将军
我还是要向你
提醒一句
只要人类的良心
还没有死去
那么对暴力的控诉
就不会停止

狮子山上的禅寺
——写给僧人建文皇帝①

一个昔日的君主
微闭着眼
盘腿坐在黑暗的深处
油灯淡黄的光影
禅寺中虚空的气息
把他的袈裟变得不再真实
他偶有睁眼的时候
那是一个年迈的僧人
正蹒跚着跨过那道
越来越高的门槛
他知道这个人是监察御史叶希贤
一位跟随他流亡多年的大臣
唉,现在他们都老了
只能生活在缥缈的回忆里
难怪就在他踏入暗影的一瞬间
君王的眼里,掠过了一丝笑意
此时他想到了权力以及至尊的地位
在死亡和时间的面前是这般脆弱
已经很长时间了,他什么都不再相信

---

① 建文皇帝:中国历史上的一位皇帝,传说他削发为僧,隐居在云南狮山。

因为他看见过青春的影子
如何在岁月的河流中消失

秋天的眼睛

谁见过秋天的眼睛
它的透明中含着多少未知的神秘
时间似乎已经睡着了
在目光所不及的地方
只有飞鸟的影子，在瞬间
掠过那永恒的寂静
秋天的眼睛是纯粹的
它的波光飘浮在现实之上
只有梦中的小船
才能悄然划向它那没有极限的岸边
秋天的眼睛是空灵的
尽管有一丝醉意爬过篱笆
那落叶无声，独自聆听
这个世界的最后消失
秋天的眼睛预言着某种暗示
它让瞩望者相信
一切生命都因为爱而美好！

献给痛苦的颂歌

痛苦,我曾寻找过你
但不知道你在什么地方
我沿着所有的街道走
你的面孔都很模糊
痛苦,这次是我找到你的,是我
伸出温暖的手臂拥抱了你
痛苦,你属于崇高,是我抚摸
你的时候
你像电流一般让我战栗的
痛苦,既然已经找到了你
我就不会去计较
最后是荆棘还是鲜花落在自己的头顶
痛苦,我需要你,这不是你的过错
是我独自选择的

这个世界的欢迎词

这是一个偶然？
还是造物主神奇的结晶？
我想这一切都不重要
当你来到这个世界
我不想首先告诉你
什么是人类的欢乐
什么又是人类的苦难
然而我对你的祝福却是最真诚的

我虽然还说不出你的名字
但我却把你看成是
一切最美好事物的化身
如果你需要的话
我只想给你留下这样一句诗：
——孩子，要热爱人！

酒的怀念

怀念酒

就是怀念一段久远的历史

怀念酒

就是怀念一个老去的山村

怀念酒

你会想起一个多年不见的朋友

怀念酒

你会想起一本久违了的旧书

怀念酒

有时就如同听一支老歌

泪水会不知不觉从眼眶里流出

怀念酒

仿佛自己又回到一条时间的雨巷

那些我们曾经历过的所有的欢乐和痛苦

将会在一个瞬间又回到记忆的门槛

西藏的狗

我在西藏看见过许多狗
名贵的狗,低劣的狗,有主人的狗
无家可归的狗
狗在西藏随处可见
它们或单独行动,或成群地
在寺院的门前晒着太阳
然而最令我感动的
还是那些靠人们施舍养活了的狗
它们毛色肮脏,瘦弱而又衰老
有的只剩下了三条腿
有的只能躺在地上等待着死亡的来临
但是狗啊,人类最亲近的动物
我敢说,在这个世界上
你们选择了西藏是幸福的
因为这里有一个善良而伟大的民族
他们在养育了你们欢乐的同时
也承担了你们所有的苦难

八角街

沿着一个方向
我们像所有行进着的人那样走着
我记得:
在瞬间我们曾忘记过时间
忘记过语言,忘记过声音
因为在这样的时候,我向神起誓
我只看见了石头和铜
其余什么也没看见

最后的酒徒

在小小的酒桌上
你伸出狮子的爪子
写一首最温柔的情诗
尽管你的笑声浪荡
让人胡思乱想

你的血液中布满了冲突
我说不清你是不是一个酋长的儿子
但羊皮的气息却弥漫在你的发间
你注定是一个精神病患者
因为草原逝去的影子
会让你一生哀哀地嘶鸣

最后的礁石
——送别艾青大师

礁石
沉没的时候
是平静的
就如同它曾经面对着海洋
含着微笑

礁石
消失的时候
那时辰
正是它歌唱过的
无比温柔的黎明

礁石
是一种象征
是一种生命的符号
在它的身上
风暴留下过无数的
让人哀痛的创伤

礁石
它永远也不会死去

彝人之歌

因为它那自由的呼吸

会激起汹涌的海浪

它还会像一只鸟

从人类的梦想中飞出

用已经嘶哑了的喉咙歌唱

长　城

说你是一个启示

那是因为你超越了时间

说你是一个象征

那是因为从月球上望你

你是一个民族的符号

尽管你最初的意义

是一道隔离的墙

在那群山之上

不知有谁能隔断

掠过天空的云霓和飞鸟

不知又有谁能阻挡

那自由的空气和阳光

只有当这一天来临

而这一天曾无数次地来临过

你既是一个人，又是一个民族的记忆

历史才会让你成为祖国的化身

说你是一个梦想

那是因为在中国人的心里

你甚至比生命还要重要

天涯海角

刚刚离开了繁忙的码头
又来到一个陌生的车站
一生中我们就这样追寻着时间
或许是因为旅途被无数次地重复
其实人类从来就没有一个所谓的终点
可以告诉你,我是一个游牧民族的儿子
我相信爱情和死亡是一种方式
而这一切都只会发生在途中

鹿回头

> 传说一只鹿被猎人追杀,无路可逃地站在悬崖上。正当猎人要射杀它时,鹿猛然回头变成了一个美丽的姑娘。最终猎人和姑娘结成了夫妻。
>
> ——题记

这是一个启示
对于这个世界,对于所有的民族

这是一个美丽的故事
但愿这个故事,发生在非洲
发生在波黑,发生在车臣
但愿这个故事发生在以色列
发生在巴勒斯坦,发生在
任何一个有着阴谋和屠杀的地方

但愿人类不要在最绝望的时候
才出现生命和爱情的奇迹

土　墙

我原来一直不知道,以色列的石头,能让犹太人感动。

——题记

远远望过去
土墙在阳光下像一种睡眠

不知为什么
在我的意识深处
常常幻化出的
都是彝人的土墙

我一直想破译
其中的秘密
因为当我看见那道墙时
我的伤感便会油然而生

其实墙上什么也没有

献给土著民族的颂歌
——为联合国世界土著人年而写

歌颂你
就是歌颂土地
就是歌颂土地上的河流
以及那些数不清的属于人类的居所

理解你
就是理解生命
就是理解生殖和繁衍的缘由
谁知道有多少不知名的民族
曾在这个大地上生活

怜悯你
就是怜悯我们自己
就是怜悯我们共同的痛苦和悲伤
有人看见我们骑着马
最后消失在所谓文明的城市中

抚摸你
就是抚摸人类的良心
就是抚摸人类美好和罪恶的天平
多少个世纪以来,历史已经证明

土著民族所遭受的迫害是最为残暴的

祝福你
就是祝福玉米,祝福荞麦,祝福土豆
就是祝福那些世界上最古老的粮食
为此我们没有理由不把母亲所给予的生命和梦想
毫无保留地献给人类的和平、自由与公正

欧姬芙的家园

——献给 20 世纪最伟大的美国女画家

或许这是最寂寞的家园
离开尘世是那样的遥远
风吹过荒原的低处,告诉我们
只有一个人在这里等待

这是离上帝最近的高地
否则就不会听见
那天籁般的声音最终变成色彩
从容地穿过那纯洁的世界

你的手是神奇的语言
牛骨和石头被装饰成一道黑门
谁知道在你临终的时候
曼陀罗的叹息是如此沉重

欧姬芙,一个梦的化身
你的虚无和神秘都是至高无上的
因为现实的存在,从来就没有证明过
一个女人生命的全部!

回望 20 世纪
——献给纳尔逊·曼德拉

站在时间的岸边

站在一个属于精神的高地

我在回望 20 世纪

此时我没有眼泪

欢乐和痛苦都变得陌生

我好像站在另一个空间

在审视人类一段奇特的历史

其实这一百年

战争与和平从未离开过我们

而对暴力的控诉也未曾停止

有人歌唱过自由

也有人献身于民主

但人类经历得最多的还是专制和迫害

其实这一百年

诞生过无数伟大的幻想

但灾难却也接踵而至

其实这一百年

多种族的人类,把文明又一次推向了顶峰

我们都曾在地球的某一个角落

悄悄地流下过感激的泪水

20 世纪

你让一部分人欢呼和平的时候

却让另一部分人的两眼布满仇恨的影子

你让黑人在大街上祈求人权

却让残杀和暴力出现在他们家中

你让我们认识卡尔·马克思的同时

也让我们见到了尼采

你让我们看见爱因斯坦是怎样提出了相对论

你同时又让我们目睹这个人最后成为基督徒

你曾把许多巨人的思想变得虚无

你也曾把某个无名者的话语铅印成真理

你散布过阿道夫·希特勒的法西斯主张

你宣扬过圣雄甘地的非暴力主义

你让社会主义在一些国家获得成功

同时你又让国际工人运动处于了低潮

在诞生弗洛伊德的泛性论年代

你推崇过霍梅尼和伊斯兰革命

你为了马丁·路德·金闻名全世界

却让这个人以被别人枪杀为代价

你在非洲产生过博卡萨这样可以吃人肉的独裁者

同样你也在非洲养育了人类的骄子纳尔逊·曼德拉

你叫柏林墙在一夜之间倒塌

你却又叫车臣人和俄罗斯人产生仇恨

还没有等阿拉伯人和犹太人真正和解

你又在科索沃引发了新的危机和冲突

你让人类在极度纵欲的欢娱之后

最后却要承受艾滋病的痛苦和折磨

你的确让人类看到了遗传工程的好处

却又让人类的精神在工业文明的泥沼中异化而亡

你把信息时代的技术

传播到了拉丁美洲最边远的部落

你却又让一种文化在没有硝烟的地方

消灭另一种文化

你在欧洲降下人们渴望已久的冬雪

你却又在哥伦比亚暴雨如注

使一个印第安人的村庄毁灭于山洪

你让我们在月球上遥望美丽的地球

使我们相信每一个民族都是兄弟

可你又让我们因宗教而产生分歧与离异

在巴尔干和耶路撒冷相互屠杀

你让高科技移植我们需要的器官

你又让这些器官感受到核武器的恐惧

在纽约人们关心更多的是股市的涨跌

但在非洲饥饿和瘟疫却时刻威胁着人类

是的,20世纪

当我真的回望你的时候

我才发现你是如此的神秘

你是必然,又是偶然

你仿佛证明的是过去

似乎预示着的又是未来

你好像是上帝在无意间

遗失的一把锋利无比的双刃剑

想念青春
——献给西南民族大学

我曾经遥望过时间
她就像迷雾中的晨星
闪烁着依稀的光芒
久远的事物是不是都已被遗忘
然而现实却又告诉我
她近在咫尺,这一切就像刚发生
褪色的记忆如同一条空谷
不知是谁的声音,又在
图书馆的门前喊我的名字
这是一个诗人的《圣经》
在阿赫玛托娃①预言的漫长冬季
我曾经为了希望而等待
不知道那条树荫覆盖的小路
是不是早已爬满了寂寞的苔藓
那个时代诗歌代表着良心
为此我曾大声地告诉这个世界
"我是彝人"

命运让我选择了崇尚自由

---

① 阿赫玛托娃:一位著名的苏联女诗人。

懂得了为什么要捍卫生命和人的权利
我相信,一个民族深沉的悲伤
注定要让我的诗歌成为人民的记忆
因为当所有的岩石还在沉睡
是我从源头啜饮了
我们民族黑色魂灵的乳汁
而我的生命从那一刻开始
就已经奉献给了不朽和神奇
沿着时间的旅途而行
我嗒嗒的马蹄之声
不知还要经过多少个驿站
当疲惫来临的时候,我的梦告诉我
一次又一次地想念青春吧
因为只有她的灿烂和美丽
才让那逝去的一切变成了永恒!

感恩大地

我们出生的时候
只有一种方式
而我们怎样敲开死亡之门
却千差万别
当我们谈到土地
无论是哪一个民族
都会在自己的灵魂中
找到父亲和母亲的影子
是大地赐予了我们生命
让人类的子孙
在她永恒的摇篮中繁衍生息
是大地给了我们语言
让我们的诗歌
传遍了这个古老而又年轻的世界
当我们仰望璀璨的星空
躺在大地的胸膛
那时我们的思绪
会随着秋天的风儿
飞到很远很远的地方

大地啊,不知道这是为什么?
往往在这样的时刻

彝人之歌

我的内心充满着从未有过的不安
人的一生都在向大自然索取
而我们的奉献更是微不足道
我想到大海退潮的盐碱之地
有一种冬枣树傲然而生
尽管土地是如此的贫瘠
但它的果实却压断了枝头
这是对大地养育之恩的回报
人类啊,当我们走过它们的身旁
请举手向它们致以深深的敬意!

我爱她们
——写给我的姐姐和姑姑们

我喜欢她们害羞的神情
以及脖颈上银质的领牌
身披黑色的坎肩
羊毛编织的红裙
举止是那样的矜持
双眸充满着圣洁
当她们微笑的时候
那古铜般修长的手指
遮住了她们的白齿与芳唇
在我的故乡吉勒布特
不知有多少痴迷的凝视
追随着那梦一般的身姿
她们高贵的风度和气质
来自我们古老文明的精华
她们不同凡响的美丽和庄重
凝聚了我们伟大民族的光辉！

自 由

我曾问过真正的智者
什么是自由?
智者的回答总是来自典籍
我以为那就是自由的全部

有一天在那拉提草原
傍晚时分
我看见一匹马
悠闲地走着,没有目的
一个喝醉了酒的
哈萨克骑手
在马背上酣睡

是的,智者解释的是自由的含义
但谁能告诉我,在那拉提草原
这匹马和它的骑手
谁更自由呢?

献给1987

祭司告诉我

那只雁鹅是洁白的

它就是你死去的父亲

憩息在故乡吉勒布特的沼泽

它的姿态高贵,眼睛里的纯真

一览无余,让人犹生感动

它的起飞来自永恒的寂静

仿佛被一种古老的记忆唤醒

当炊烟升起的时候,像梦一样

飞过山岗之上的剪影

那无与伦比的美丽,如同

一支箭镞,在瞬间穿过了

我们民族不朽灵魂的门扉

其实我早已知道,在大凉山

一个生命消失的那一刻

它就已经在另一种形式中再生!

在绝望与希望之间

——献给以色列诗人耶夫达·阿米亥

我不知道

耶路撒冷的圣书

最后书写的是什么

但我却知道

从伯利恒出发,有一路公交车

路过一家咖啡馆时

那里发生的爆炸,又把

一次绝望之后的希望

在瞬间变成了泡影

我不知道

能否用悲伤去称量

生命与死亡的天平

因为在耶路撒冷的每一寸土地

这一切都习以为常

但尽管这样,我从未停止过

对暴力的控诉

以及对和平的渴望

我原以为子弹能永远

停留在昨天的时辰

然而在隔离墙外,就在今天

鲜红的血迹

湿透了孩子们的呐喊

为此，我不再相信至高无上的创造力

那是因为暴力的轮回

把我们一千次的希望

又变成了唯一的绝望

这座城市的历史

似乎就是一种宿命

从诞生的那一天开始

背叛和憎恨就伴随着人们

抚摸这里的石头

其实就是抚摸人类的眼泪

（因为在这里倾听石头

你能听到的只有哭泣！）

我不知道

耶路撒冷的圣书

最后书写的是什么

但我却知道

耶路撒冷这座古城

在希望与绝望之间

只有一条道路是唯一的选择

——那就是和平！

我听说

我听说
在南美安第斯山的丛林中
蝴蝶翅膀的一次震颤
能引发太平洋上空的
一场暴雨
我不知道
在我的故乡大凉山吉勒布特
一只绵羊的死亡
会不会惊醒东非原野上的猎豹
虽然我没有在一个瞬间
看见过这样的奇迹
但我却相信,这个世界的万物
一定隐藏着某种神秘的联系
我曾经追悼过一种消逝的语言
没有别的原因
仅仅因为它是一个种族的记忆
是人类创造的符号
今天站在摩天大楼的最高处
已经很难找到印第安人的村落
那间诞生并养育了史诗的小屋
只能出现在漂泊者的梦中
我为失去土地和家园的人们

感到过悲伤和不幸
那是因为当他们面对
钢筋和水泥的陌生世界
却只能有一个残酷的选择
那就是——遗忘！

我承认，我爱这座城市[①]

这座城市的午后
是阳光最美好的时刻
鸽群的影子,穿行在
高楼与林木的四周
那些消失的
雾霭和青烟
如同玛瑙的碎片
闪烁在远处的群山之间
这座城市的无穷魅力,或许
就是因为它的起伏不平
它的美是神秘的,像一则寓言

我承认,我爱这座城市
那是因为我每次见到它
它给我的惊喜和陌生的感觉
要远远超过我对它的熟悉
它似乎永远埋藏着一种激情
就像一个年轻而又充满了
野性的少妇
每当我看见夜色

[①] 在第二次世界大战中,日军曾对重庆实施大轰炸,造成平民严重伤亡。

沉落在歌乐山巅
山城的万家灯火，便开始演奏
一部穿越时空的交响乐
那些星星般闪耀的音符
集合起金色的船队
把这座东方名副其实的山城
演绎成一片波峰浪谷的
最为神奇的光的海洋
不知道为什么
往往在这样的时候
我就会想到六十多年前
这座城市所经历的
那场惨绝人寰的大轰炸
我不敢肯定，在这些灯光中
有没有死者的眼睛
在另一个世界
审视着我们
他们是因悲愤
而惊恐万分的老人
是由于窒息，流血的十指
插入防空洞土墙的妇女
是那些张着嘴，但已经死去
怀里还抱着婴儿的母亲
我知道，那是五万多生命
他们的控诉
已成为永远的呐喊

彝人之歌

是的，我爱这座城市
还有一个特殊的原因
那就是这座伟大的城市
与它宽厚善良的人民一样
把目光永远投向未来
从不复制仇恨
在这里，时间、死亡以及生命
所铸造的全部生活
都变成了一种
能包容一切的
沉甸甸的历史记忆！
从某种意义而言
这座城市对战争的反思
对和平的渴望
就是今天的中国
对这个世界的回答！

敬畏生命
——献给藏羚羊

我要
向你们道歉
尽管我不知道
是哪一支枪
射击了你们
同样，我也要向
你们证实
我不知道
是哪一颗子弹
穿过了黝黑的
——枪管
杀死了你们的同胞

向你们道歉
你们是
青藏高原
真正的主人
是这片疆域
至高无上的灵魂
因为有了
你们的存在

生命的承受力

才超越了极限

并把一种速度

变成了奇迹

你们是雪山

永恒的影子

是原野上

黑夜中闪光的白银

你们的每一次迁徙

都是一次历险

在太阳部落

生死轮回的家族中

你们永远

象征着勇敢和自由

哎,向你们道歉

我是多么的

惊恐而又自卑

虽然

在我的身上

没有沾染

你们的血迹

我也没有参与

任何一次针对你们的

阴谋和聚会

但当事实的真相

最终
呈现在世界的面前
我为自己
作为一个人
而感到羞耻
因为我们已经知道
这一场大屠杀的
制造者
并不是别的动物
而是万物之首的
——人！

原谅我吧
原谅我们吧
今天向你们道歉
我们无法
用别的名义
更不能代表
这个地球上
除了人类之外的
其他生命个体
因为它们对于你来说
都是无罪的
向你们道歉
这是一次道德和良心的
审判

彝人之歌

我们别无选择

因为只有这样

我们才有权利说

作为人与你们

共同生活在

这片土地上

是能被宽恕的

向你们道歉

我们只有

一个名义

那就是以人的名义

或者说以人类的名义！

献给这个世界的河流

我承认

我曾经歌颂过你

就如同我曾经歌颂过土地和生命

在这个世界上

不知有多少诗人和智者

用不同的文字赞美过你

因为你的存在

不知又有多少诗篇

成了人类的经典

诚然不是我第一个

把你喻为母亲

但是你的乳汁却千百年来

滋养着广袤的大地

以及在大地上生活着的人们

我承认

是你创造了最初的神话

是你用无形的手

在那金色的岸边开始了耕种

相信吧，人类所有的文明

都因为河流的养育

才充满了无限的生机

我们敬畏河流，那是因为河流是一种象征

彝人之歌

它崇高的名字就像一部史诗

它真实地记录着人类历史的进步和苦难

我们向文明致敬

实际上就是在向那些伟大的河流致敬

是河流给了我们智慧

是河流传授给了我们不同种族的语言和文化

同样也是河流给了我们

千差万别的生活方式和信仰

我承认,河流!你的美丽曾经无与伦比

就像一个睡眠中的少女

当你走过梦幻般的田野

其实你已经把诗歌和爱情都给了我们

相信吧,在多少民族的心目中

你就是正义和自由的化身

你就是人类的良心和眼泪

你帮助过弱者,你给被压迫者以同情

你的每一罐圣水,沐浴的是人的灵魂

你给不幸的人们

馈赠的永远是生活的信心和勇气

我承认,人类对你的伤害是深重的

当我们望着断流的河岸

以及你那遭到污染的身躯

我们的忏悔充满着悲伤

相信吧,河流!我们向你保证

为了捍卫你的歌声和光荣

我们将不惜献出自己的生命
河流啊,人类永恒的母亲
让我们再一次回到你的怀中
让我们再一次呼唤你的尊严和名字吧!

记忆中的小火车
——献给开远的小火车

那是一列
名副其实的小火车
它开过来的时候
司机的头探出窗外
他的喜悦
让所有看见他的人
都充满着少有的幸福
小火车要在无数个
有名字或者说没有名字的
站台上停留
那些赶集的人
可以从这一个村寨
赶到另一个他们从未去过的集镇
火车是拥挤的
除了人之外,麻布口袋里的乳猪
发出哼哼的低吟
竹筐里的公鸡
认为它们刚从黑夜
又走到了一个充满希望的黎明
它们高昂的鸣叫此起彼伏
火车上还有穿着绣花服饰的妇女

她们三五成群

在那里掩着嘴窃窃私语

吸水烟筒的老人

仿佛永远蹲在一个黑暗的角落

水烟的味道弥漫在空气中

听他们说

那是一列名副其实的小火车

但是,既然,其实,不过

这似乎已经是

一件记忆里久远的事了

听他们说

那是一列名副其实的小火车

它就像一个传说中的故事

又像一条梦中的河流

然而这一切——

对于我们今天的回忆而言

是多么的温暖啊

尽管有时莫名的悲伤

也让我们的双眼饱含着泪水!

时　间

在我的故乡
我无法见证
一道土墙的全部历史
那是因为在一个瞬间
我无法亲历
一粒尘埃
从诞生到死亡的过程
哦,时间!
是谁用无形的剪刀
在距离和速度的平台
把你剪成了碎片

其实我们
不用问时间的起源
因为它从来
就没有所谓的开始
同样,我们也不用问
它的归宿在哪里?
因为在浩瀚的宇宙
它等同于无限
时间是黑暗中的心脏
它的每一次跳动

都如同一道闪电

它是过去、现在和未来的桥梁

请相信,这并非上帝的意志

仿佛是绝对的真理

当时间离开了我们

它便永远不再回头

所有的生命、思想和遗产

都栖居在时间的圣殿

哦,时间!

最为公平的法官

它审判谎言

同时它也伸张正义

是它在最终的时刻

改变了一切精神和物质的

存在形式

它永远在死亡中诞生

又永远在诞生中死亡

它包含了一切

它又在一切之外

如果说在这个世界上

有什么东西真正地不朽

我敢肯定地说:那就是时间!

地中海

那是泉水的歌唱
那是古代的源流弥漫着阳光
礁石的嘴唇
白昼的乳汁
风信子悠然地飞舞
陶罐接受浴女的低吟

那是渴望的仙女
闪烁不定的暗示
那是一口芬芳的呼吸
那是一件郁金香的外衣

那是十足的倦意
那是地道的诱惑
那是波光粼粼的眼泪
上帝用仁慈的手
把他们的痛苦抚平

罗马的太阳

滚动的太阳,不安的太阳
渴望一千次被接受的太阳
女神的目光
礁石的歌唱
告诉我,快告诉我
那里是不是有一片受孕的海洋

如水的太阳,意念的太阳
让大地和万物进入梦幻的太阳
瞬间便是夜晚
一切都是遗忘
告诉我,快告诉我
那里是不是有一片睡眠的鹅黄

无声的太阳,灵性的太阳
穿过了时间和虚无的太阳
变形的手指
握着大地的根须
畅饮生命的琼浆
告诉我,快告诉我
那里是不是有一片超现实的土壤

彝人之歌

神秘的太阳,缥缈的太阳
为所有的灵魂寻找归宿的太阳
远处隐隐的回声
好像上帝的脚步
就要降临光明的翅膀
告诉我,快告诉我
那里是不是有一片神圣的上苍

南　方

南方啊,我歌唱你
我歌唱你的海洋
那些数不清的、星星一样的小岛
南方啊,你是柔情的项链
你是西西里少女手中的夹竹桃
你有勤劳的农妇
你的孩子们睡着了
头枕着海洋那永恒的摇篮
南方啊,你是生命中的遥远
眼睛般多情的葡萄
柠檬花不尽的芬芳
你是竖琴手一生吮吸的太阳
南方啊,你有青铜和大理石的古老
尽管你伤痕累累
但从未停止过对明天的向往
南方啊,你有时是贫困的
就像意大利母亲干瘪的乳房
当我在昏暗的灯光下
读着夸西莫多为你写下的诗行
我便明白了这个历尽沧桑的游子
为什么最后要长眠在你的怀中
南方啊,我要歌唱你
请接受一个中国彝人的礼赞吧!

在这样的时刻

我喜爱芦苇的绿叶
我渴望在米兰花的丛中睡个好觉
那里阳光格外柔软
时间被披搭在肩上
要是在西西里,我要躺在海的身旁
听听幽婉的海螺
把我的遐思带到远方
我还要到中部去,看看埃米利亚人
听说那里的舞蹈非常有趣
跳舞的都是美丽的少女

啊,在这样的时刻
我不能不对你们说
世界的统治者们,武器的制造商
我们需要的永远不是
原子弹和血淋淋的刺刀

科洛希姆斗兽场①

我将我的脸庞
贴在科洛希姆斗兽场的
老墙上
当刀剑的撞击停息
当呻吟再没有回响

我知道科洛希姆斗兽场
可以容纳六万观众
他们在那里欣赏
杀人的欢畅
我知道这不是远古的神话
丧尽天良的杀戮
亘古以来就从未消亡
从波兰平原库特诺的焚尸炉
到如今黑种民族
在南非遭受的屈辱
我将我的脸庞
贴在科洛希姆斗兽场的
老墙上
人类啊,原谅我,我听不清

---

① 科洛希姆斗兽场:古罗马斗兽场。

彝人之歌

这是你们的声音,
还是野兽的吼叫?

岛

岛啊，总有一天我会走完
这漫长人生的旅程
最后抵达你的港湾
岛啊，你在时间和生命之外
那里属于另一个未知的空间
岛啊，你是永恒的召唤
我无法拒绝你
就像无法拒绝我的爱
岛啊，你看见了吗
我正朝着你的方位走来
我那生命的小舟
飘摇在茫茫的大海

乞 丐

你站在教堂的入口处
笑容可掬
（那是上帝的微笑）
你双手平端着
一顶破旧的礼帽
向所有进入教堂的人
乞求施舍

你站在教堂的入口处
就像一个标准的侍者
（上帝就在你的身旁）
其实你应该问问上帝
为什么都是他的儿女
他却常常将你遗忘

水和玻璃的威尼斯

水的枝叶是威尼斯
水的果实是威尼斯
威尼斯是一段流动的小提琴曲
威尼斯是一首动人心魄的诗

玻璃的感觉是威尼斯
玻璃的梦幻是威尼斯
威尼斯是一件最完美的艺术品
威尼斯是一幅最古典的画

神秘莫测的是威尼斯
充满诱惑的是威尼斯
威尼斯是一只妓女和罪恶的船舶
威尼斯是一则被重复了千遍的故事

访但丁

或许这是天堂的门
或许这是地狱的门

索性去按门铃
我等待着
开门

迟迟没有回响

谁知道今夜
但丁到哪里去了

头　发
——写给弗朗西斯科·林蒂尼①

我说过我要写你的头发
那是在一只威尼斯的游船上

我说过我要写你的头发
它让我想起
西西里宁静而悠远的海浪
那里滚动着
三叶草与风信子的谜语

我说过我要写你的头发
它让我想起
地中海正午迷乱的阳光
大海洁白无瑕的积盐
它让我想起
所有时间之外
已经死去的空白
那里有鱼的轨迹，海鸟的历险
以及大理石上
那些预言宿命的纹路

---

① 弗朗西斯科·林蒂尼：当代意大利作家，蒙代罗国际文学奖评委会主席。已逝世。

我说过我要写你的头发
那是在一只威尼斯的游船上
我想我不会记错

河流的儿子
——献给朱泽培·翁加雷蒂①

你用头
承受阳光
在伊桑佐河

它把
稀有的
幸福给你
让你
在瞬间遗忘
祖先的痛苦

你沿着
河流而上
你看见
金亚麻
在沙漠中
燃烧
你曾在

---

① 朱泽培·翁加雷蒂:著名意大利"隐逸派"代表性诗人之一,也是第二次世界大战以来,欧洲杰出的诗人之一。已逝世。

彝人之歌

尼罗河沐浴
后来
你从那里
走向远方

你是
流浪的旅人
在这个世界上
当你
筋疲力尽
塞纳河
又将你
搂进了怀里

你是
河流的儿子
它们都轻唤着
你的名字

意大利

我曾猜想
你们的生活
有什么
不同

我曾想象
在地球的
另一个地方
人的情感
是否
相异

当我踏上
我们的国土
我便明白了
在这个世界上
追求幸福和美好
是每个民族的愿望
意大利人的微笑
可以同任何一个
民族的微笑
画上等号

彝人之歌

（还有血管里的鲜血
眼眶中的泪水）
它们不该被标上
所谓皮肤的颜色
如果真的是那样
那才叫作荒唐

记住这个时刻

在中国：

这是奔跑的时刻

这是选择的时刻

这是心中的道德被照亮的时刻

这是恐惧和从容不期而遇的时刻

这是沉默的词语失而复得的时刻

这是爱情将被等待证明的时刻

这是平凡之人牵动这个世界的时刻

这是领袖和人民共患难的时刻

这是微笑感召绝望的时刻

这是英雄呼唤奇迹的时刻

这是真理与谎言较量的时刻

这是卑鄙者无处藏身的时刻

这是人类面对灵魂独白的时刻

这是梦想被行动点燃的时刻

这是眼睛触动泪泉的时刻

这是黑暗预言光明的时刻

这是生命和死亡决战的时刻

记住吧

在中国：

这是一个刻骨铭心的时刻！

你是谁
——献给为抗击"非典"而舍生忘死的人

你是谁?
戴着口罩,穿着白衣
原谅我
说不出你的名字

但有一点
我想不会说错
你同样是父母的儿女
为了等你平安回来
你年迈的母亲
还在那里等待

或许是你的妻子
或许是你的丈夫
自从你离开家后
他们才发现
你在他们的生命中
是多么的重要
你就像一道彩虹
照亮了平凡的人生

你的孩子

给你写了一封信

看完信，你竟泣不成声

在卡通故事里

寻找英雄的一代

第一次为自己的父母自豪

你是谁？

原谅我

说不出你的名字

但是我要告诉你

你是真正的天使

又是活生生的人

从来没有豪言壮语

你的爱才这样真实

我相信，一定是因为你

今天的中国

才会在微笑中

双眼含着泪水！

无 题

"你看见了吗?
那是一枝勿忘我花
它在花瓶中
虽然与其他花儿簇拥在一起
但它那纯粹的紫色
却是那样特立独行。"
是的,亲爱的宝贝,我已经看见了
但在这样的时刻
我又怎能用苍白的语言去表白
对你的爱是如此地纯真
这突如其来的爱令人措手不及
我真的不想用世俗的话语
去承诺一百年之后的那个夜晚
但就在今天我依然要告诉你
我既然选择了你,就不会再有变节和背叛!

但是……

我听见他们在向你喝彩
为你那青春洋溢的歌声
为了你那无与伦比的高贵气质
另外,我无法全部肯定
还有多少人迷恋你修长的身材
以及你那天鹅般美丽的脖颈
但是,对于我来说
绝不仅仅是这些
我爱你的眼泪
是那一滴在没有人的时候
悄悄滑落在脸庞上的泪水
它不代表欢乐
它只表达叹息和悲伤
我还爱你的伤口
爱你双眸的阴影中
那一丝旁人无法察觉的沧桑
因为我明白
那些流言蜚语的制造者
都曾将你的心灵伤害
他们的谎言和泼向你的脏水
就如同撒在
你伤口上的盐!

是的,我亲爱的宝贝
在你的灵魂独自面对
另一个灵魂的时候
我愿意听你倾诉,听你哭泣
我知道,在这个世上
只有我爱你的灵魂,甚于爱你的肉体!

或许我从未忘记过
——写给我的出生地和童年

我做过许多的梦

梦中看见过最多的情境

是我生长的小城昭觉

唉,那时候

我的童年无忧无虑

在群山的深处,我曾看见

季节神秘地变化

万物在大地和天空之间

悄然地转换着生命的形式

在那无尽的田野中

蜻蜓的翅膀白银般透明

当夜幕来临的时候

独自躺在无人的高地

没有语言,没有意念,更没有思想

只有呼吸和生命

在时间和宇宙间沉落

我似乎很早就意识到死亡

但对永恒和希望的赞颂

却让我的内心深处

充满了对生活的感激

谁能想象,我所经历的

彝人之歌

少年时光是如此美好
或许我从未忘记过
一个人在星空下的承诺
作为一个民族的诗人和良心
我敢说：一切都从这里拉开了序幕！

致他们

不是因为有了草原
我们就不再需要高山
不是因为海洋的浩瀚
我们就摒弃戈壁中的甘泉
一只鸟的飞翔
让天空淡忘过寂寞
一匹马驹的降生
并不妨碍骆驼的存在
我曾经为一个印第安酋长而哭泣
那是因为他的死亡
让一部未完成的口述史诗
永远地凝固成了黑暗！
为此，我们热爱这个地球上的
每一个生命
就如同我们尊重
这个世界万物的差异
因为我始终相信
一滴晨露的晶莹和光辉
并不比一条大河的美丽逊色！

我曾经……

我曾经在祁连山下
看见过一群羊羔
它们的双腿
全部下跪着
在吮吸妈妈的乳房
它们的行为让我感动
尤其是从它们的眼睛里
我看到了感恩和善良
也许作为人来说
在这样的时候
我们会感到某种羞愧
也许我们从一个城市
到了另一个城市
我们已经记不清楚
所走过的道路
是笔直的更多,还是弯曲的占了上风
我们从哪里来
我们又要到哪里去
仿佛我们
都是流浪的旅人
其实我要说,在物欲的现实面前
我们已经在生活的阴影中

把许多最美好的东西遗忘
有时我们甚至还不如一只
在妈妈面前下跪的小羊!

水和生命的发现

原谅我,大自然的水
我生命之中的水
或许是因为我们为世俗的生活而忙碌
或许是因为我们关于河流的记忆早已干枯
水!原谅我,我已经有很长时间
在梦想和现实的交错中将你遗忘
我空洞的思想犹如一口无底的井
在那黑暗的深处,我等待了很久
水!水!我要感谢你,在此时此刻
我的生命又在你的召唤下奇迹般地惊醒
是因为水,人类才书写出了
那超越时空的历史和文明
同样也是因为水,我们这个蓝色的星球
才能把生命和水的礼赞
谦恭地奉献给了千千万万个生命
让我们就像敬畏生命一样敬畏一滴水吧
因为对人类而言,或者说对所有的生命而言
一滴水的命运或许就预言了这个世界的未来!

骆驼泉
——致撒拉尔民族

你接纳诞生
也同样接受死亡
然而对于一个民族
却不仅仅意味着这些
当他们来到你的面前
那些所经历过的黑暗、不幸和命运的打击
便会在瞬间消失
因为你的存在,他们幸福的脸上
始终洋溢着沐浴的光辉
那是他们相信,你圣洁的灵魂
要比人类的生命更为永恒!

献给汶川的挽歌

汶川,一个普通的名字

因为一场突如其来的大灾难

而变得不再普通

汶川,在一个瞬间

(这个瞬间将永远被人类定格)

随着那看不见的震波

把大灾难的消息

传到了世界的每一个角落

汶川,就是从那一个瞬间开始

在这个人类生活的星球上

你就是一个象征

或者说,你就是一个生命的中心

因为从那一刻起

生命与死亡的抗争

就拉开了惊心动魄的序幕

也是从那一刻,时间被重新计算

中国在奔跑

世界在奔跑

因为我们知道

在那坍塌的钢筋水泥板下

无数个生命

需要我们去拯救

汶川,你知道吗?

就是在那个生命遭到践踏的

黑色的瞬间之后

"中国汶川,汶川中国"

一定是那个时候

全世界不同民族的语言

重复使用最多的字样

汶川,同样是在那个

不幸的瞬间之后

我经历了,同时我也看到了

无论是东方人

还是西方人的眼睛里

都为你含着悲伤的泪水

是的,汶川

因为这种哀痛不仅仅属于你

这是人类的哀痛

这是所有生命的哀痛!

汶川,命运的天平似乎从来就不公平

然而人类的历史告诉我们

灾难从它诞生的那一天

就时时刻刻伴随着人类的前进

是的,汶川!在死亡选择你的同时

人类的希望也选择了你

虽然这样的选择

是那样的残酷,是那样的让人难以接受

因为千百年来

人类就在苦难中成长

这似乎是一个不变的法则

然而对于个体生命而言

当我们面对沉默的天空和大地

我们只能用已经嘶哑的声音呼喊

因为我们不敢

也从未放弃过对生命的找寻

汶川,你就像一支等待目标的箭镞

告诉我是什么邪恶的力量

在顷刻间把你变成了废墟

汶川,让我或者说让我们

轻轻地抚摸一下你的伤口吧

因为我看见

鲜红的血又染红了

养育了我们这个

东方古老民族的土地

其实谁都知道,汶川

抚摸你的伤口

就是在抚摸中国母亲的伤口

但是,就在这灾难降临的时候

我们看见,在这大悲剧的舞台中央

我们的母亲——中国

用她五千年泣鬼神感天地的大爱

再一次把一个民族的苦难

义无反顾地扛在了自己的肩上

她的脸上虽然还留有泪痕

但她仍然以九百六十万平方公里的
仁慈的宽广的胸怀
紧紧地拥抱着自己受伤的儿女
汶川,我不知道此时此刻
我应该如何向你表达
一个中国诗人对你的敬意
因为我已经有好长时间
没有像今天这样
在泪光中看见——我的中国!
汶川,同样我不知道在此时此刻
我应该选择怎样的词汇
来见证和记录
那些用心灵照亮了黑暗
并给所有的生命以信心和勇气的人
是他们用人性的光辉
再一次温暖了这个世界
是那些把悲痛埋在心底
刚刚擦干了脸上的血迹
又在为抢救别的生命
而奔波不停的兄弟姐妹
是的,汶川,我承认!
是你让我的灵魂
又一次从那沉睡中苏醒
是你让我在苦难的面前
真正理解了人民的全部含义
汶川,对你的救援还在进行

彝人之歌

一场死亡和生命的战争还没有结束

在那里时间就是生命

在那里生命就是时间

在那里领袖和人民都是战士

在那里没有绝望,只有希望

汶川,你听我说

你的名字将被我们永远铭记

你的人民,在这场大灾难中

所表现出来的坚忍、朴实、善良

以及那在死神面前

所展现出的人的尊严

同样将在人类的历史记忆中

成为永恒!

汶川,你永远不会死去

因为我始终相信

因为这个世界相信

就在你轰然倒下去的地方

我们这个始终伴随苦难和希望的民族

必将在那里站立起来——成为一道风景!

蒂亚瓦纳科①

风吹过大地

吹过诞生和死亡

风吹过大地

吹透了这大地上

所有生命的边疆

遗忘词根

遗忘记忆

遗忘驱逐

遗忘鲜血

这里似乎只相信遗忘

然而千百年

这里却有一个不争的事实

在深深的峡谷和山地中

一个、两个……成千上万个印第安人

在孤独地行走着

他们神情严肃

含着泪花,默默无语

我知道,他们要去的目的地

那是无数个高贵的灵魂

通向回忆和生命尊严的地方

---

① 蒂亚瓦纳科:玻利维亚一处重要的印第安古老文化遗迹。

我知道,当星星缀满天空
罪行被天幕隐去
我不敢肯定,在这样的时候
是不是太阳石的大门
又在子夜时分为祭献而开
蒂亚瓦纳科,印第安大地的肚脐
请允许我,在今天
为一个民族精神的回归而哭泣!

面　具

——致塞萨尔·巴列霍①

在沉默的背后

隐藏着巨大的痛苦

不会有回音

石头把时间定格在虚无中

祖先的血液

已经被空气穿透

有谁知道,在巴黎

一个下雨的傍晚

死去的那个人

是不是印第安人的儿子

那里注定没有祝福

只有悲伤、贫困和饥饿

仪式不再存在

独有亡灵在黄昏时的倾诉

把死亡变成了不朽

面具永远不是奇迹

而是它向我们传达的故事

最终让这个世界看清了

---

① 塞萨尔·巴列霍(1892—1938):秘鲁现代诗人,生于安第斯山区,父母皆有印第安人血统。他是秘鲁最重要的诗人,也是拉美现代诗最伟大的先驱之一。

在安第斯山的深处

有一汪泪泉！

祖 国
——致巴勃罗·聂鲁达①

我不知道

你在地球上走到了多远的地方

我只知道

你最终是死在了这里

在智利海岬上

你的死亡

就如同睡眠

而你真正的生命

却在死亡之上

让我们感谢上帝

你每天每时都能听见大海的声音!

---

① 巴勃罗·聂鲁达:20世纪智利伟大的民族诗人,诺贝尔文学奖获得者。

脸　庞
——致米斯特拉尔①

这是谁的脸庞

破碎后撒落在荒原

巨大的寂静笼罩我们

在那红色岩石的高处

生命的紫色最接近天空

有一阵风悄然而来

摇动着枯树的枝丫

那分明是一个自由的灵魂

传递着黎明即将分娩的消息

这里没有死亡

而死亡仅仅是另一种符号

当夜幕降临,你的永恒存在

再一次证明了一个真实

你就是这片苍茫大地的女王。

---

① 米斯特拉尔:20 世纪智利伟大的女诗人,诺贝尔文学奖获得者。

真　相
　　——致胡安·赫尔曼①

寻找墙的真实

翅膀飞向

极度的恐慌

在词语之外

意识始终爬行在噩梦的边缘

寻找射手的名字

以及子弹的距离

谎言被昼夜更替

无论你到哪儿歌唱

鸟的鸣叫

都会迎来无数个忧伤的黎明

没有选择，当看见

死者的骨骼和发丝

你的眼睛虽然流露出悲愤

而心却像一口无言的枯井

---

① 胡安·赫尔曼：阿根廷当代著名诗人，塞万提斯奖获得者。

玫瑰祖母

献给智利巴塔哥尼亚地区卡尔斯卡尔族群中的最后一位印第安人,她活到九十八岁,被誉为"玫瑰祖母"。
———题记

你是风中
凋零的最后一朵玫瑰
你的离去
曾让这个世界在瞬间
进入全部的黑暗
你在时间的尽头回望死去的亲人
就像在那浩瀚的星空里
倾听母亲发自摇篮的歌声
悼念你,玫瑰祖母
我就如同悼念一棵老树
在这无限的宇宙空间
你多么像一粒沙漠中的尘埃
谁知道明天的风
会把它吹向哪里
我们为一个生命的消失而伤心
那是因为这个生命的基因
已经在大地的子宫中永远地死去
尽管这样,在这个星球的极地

我们依然会想起

杀戮、迫害、流亡、苦难

这些人类最古老的名词

玫瑰祖母，你的死是人类的灾难

因为对于我们而言

从今以后我们再也找不到一位

名字叫卡尔斯卡尔的印第安人

再也找不到你的族群

通往生命之乡的那条小路